爱情刀郎［在线］

QQ群谋杀案

郑太守 著

重庆出版集团 重庆出版社

图书在版编目（CIP）数据

QQ群谋杀案 / 郑太守著. —重庆：重庆出版社，2012.8
ISBN 978-7-229-05297-3

Ⅰ.①Q… Ⅱ.①郑… Ⅲ.①长篇小说 – 中国 – 当代
Ⅳ.①I247.5

中国版本图书馆 CIP 数据核字(2012)第 118532 号

QQ 群谋杀案
QQ QUN MOUSHA AN
郑太守 著

出 版 人：罗小卫
策划编辑：欧阳秀娟
责任编辑：陶志宏　曾　玉
责任校对：杨　婧
封面设计：艺海晴空

重庆出版集团 出版
重庆出版社

重庆长江二路 205 号　邮政编码：400016　http：// www.cqph.com
北京新世界文慧图书发行有限责任公司制版
北京九天志诚印刷有限公司印刷
重庆出版集团图书发行有限公司发行
E–MAIL：fxchu@cqph.com　邮购电话：023–68809452
全国新华书店经销

开本：710mm × 1000mm　1 / 16　印张：15　字数：180 千字
2012 年 8 月第 1 版　2012 年 8 月第 1 次印刷
ISBN 978–7–229–05297–3
定价：29.80 元

如有印装质量问题，请向本集团图书发行有限公司调换：023–68706683

你加入的每一个 QQ 群，都可能是死亡陷阱。
在绝望中，我们只能自己救自己！

——题记

目录

引 子

32 岁的退伍特种兵黄飞,与女友燕子分手之后,他加入了一个"寂寞单身夜"的QQ群,开始因精神空虚而迷恋网上聊天,并不断和新结识的女网友见面。

11 月 1 日晚,黄飞用"爱情刀狼"的QQ名,接受了"今晚你不要来"的私聊要求。随后,对方邀请他到其住处喝酒聊天。黄飞打车赶到这个叫肖羽的22 岁女孩的宿舍时,却发现她已经被人用刀子杀死在沙发上。而刀柄上,醒目地刻着"爱情刀狼"四个字!

黄飞必须自己救自己。他找到前女友燕子,希望她能提供帮助,可是燕子却报了警……

黄飞被悬赏通缉。这个退伍特种兵,历经千辛万险,终于使得真正的凶手浮出水面。警方也据此确认黄飞没有杀人。

可是,已经重获自由的黄飞,却从此陷入一场更大的危机……

第一章　她死了，黄飞杀死了她

1

我下面要讲一个故事。

是我的战友亲身经历的。但你千万别以为我是在骗人——如果不是我而是你在讲这个故事，我一定也会这么怀疑。

但它是真实的。太过于真实有时就会太接近虚构。这是由于我们芸芸众生的生活太过平淡，几乎一辈子都碰不到像这个故事那样的曲折离奇。

所以，我用我的人格担保，你所看到的这个故事绝对真实。但你如果还是不信，就请趁早合上这本书，去吃饭、上网、闲聊或者就只是发呆。

但你会错过一个迄今为止最好的故事。

而且，读过这个故事的，不少人都纷纷在退出那些自己尚不明底细的QQ群了。

忘了告诉你，我的战友，名叫黄飞。

2

8年前,黄飞从部队退役。

做过很多事,赔了不少钱,黄飞才和一个叫张伍的朋友合伙开了一家公司。

说实话,只有当你和一个朋友合伙开公司,你才真正了解这个朋友各方面都真正地不如你优秀。

公司一直在赔钱。黄飞快懒得管了,便一切放手让张伍去干。黄飞下午3点左右才来上班,然后上网。

在网上,黄飞用过许多的网名。比如"如果一切可以重来我一定好好去爱",名字有些长,这算是怀念当年的一个女朋友。她在和黄飞交往了一段时间后离黄飞而去,黄飞从此便没再交女朋友。但以她的美丽,到现在男朋友应该不止一个两个了。

黄飞还用过一个网名:"早起的鸟儿"。

黄飞在办公室一上网就到天亮,来一杯热茶,换另一个QQ群时,就用"早起的鸟儿"这个网名。

这个网名很受欢迎,往那儿一挂,就会有无聊的人来打听:"有虫子吃吗?"

当然,"沉默深情的男人",基本上常用。

其他,如"醉里挑灯数钱之事业男人",倒也亦庄亦谐,颇能吸引眼球。

今晚9:12,黄飞又上了网。

"寂寞单身夜"QQ群。

进入"寂寞单身夜",电脑显示共有289名网友在线。

"寂寞单身夜",群规比较另类:要求群友聊天时间,必须控制在每晚九点至第二天上午九点之间。其余时间谁发言,一律踢出!

黄飞在这个群里,给自己起了一个新网名——黄飞差不多每加入一个

QQ群,都重新设计一个网名。

这当然也只有聪明人才能做到。我们只要认真研究,就能发现每个网名,其实都闪烁着它主人的智慧或愚蠢之光。

"爱情刀狼"。

这就是黄飞在"寂寞单身夜"的名字了。

"爱情刀狼"对大家说:

大家好,有北京的妹妹聊聊?

没有人应对。

"爱情刀狼"又对大家说:

大家好,有北京的不忙的妹妹聊聊?

黄飞开始为自己续茶水。

当黄飞重新回到他的笔记本电脑前时,在私聊空间,有人对黄飞悄悄地说:

……爱情刀狼——公狼母狼?

……当然是公的。呵呵,还是温情脉脉极其有品位的公狼。

……呵呵 :)

黄飞一看对方的名字,挺怪——

"今晚你不要来"。

爱情刀狼说:今晚我去找你吧。

今晚你不要来说:我不是说了今晚你不要来嘛 :)

爱情刀狼说:为什么?

今晚你不要来说:不为什么。

爱情刀狼说:你多大,在哪儿?

今晚你不要来说:22,在北京。

爱情刀狼说:我 32,叫我哥吧。我在朝阳,你呢?

今晚你不要来说:我在海淀。哥是做什么的?

爱情刀狼说:呵呵。我自己办公司。虽是老板,但也是给员工打工。

今晚你不要来说:你一定很优秀噢?

爱情刀狼说：一般般吧。

爱情刀狼又说：今晚一起坐坐？

服务器提示：今晚你不要来已经隐身或离线。

黄飞有些失望地喝一口绿茶。

此前，黄飞已见过五位网友。

有一位虽已成年，网名叫"东城第一美女"，却身高大概130cm。

还有一位，在网上称自己26岁，还直喊黄飞哥。黄飞去找她才发现明明是黄飞的姐，一问才知道是1965年生人，比黄飞大N岁。还非要带黄飞去了一家灯火灰暗、形迹可疑的酒吧，撒娇要黄飞买红酒喝。黄飞意识到她或许是个酒托——跟酒吧有协议，带网友来喝酒然后提成。黄飞一看这儿一瓶红酒500元，便要带她走：

"我一回能喝三瓶干红，在这儿喝就要1500。不成，我俩去超市，现在不到10点，超市还营业，买3瓶才100呢！"

大姐直翻白眼，勉强同黄飞喝了杯啤酒，然后他们假装极高兴地分手了。

黄飞一直渴望交个女网友，漂亮的、性感的。这个月黄飞几乎就全泡在自己加入的各个交友QQ群里了。

预感告诉黄飞，自己该和网友有点事了。

黄飞不急不躁，男女的事急不来。缘分的天空，飘飞的有时是一只仙鸟，有时或许是一只破塑料袋。看见动静就沉不住气，不是黄飞的一贯泡妞作风。

黄飞就一边品品茶，一边看看新闻。不到十分钟，黄飞一看屏幕，"今晚你不要来"又出现了。

今晚你不要来说：哥，我刚去办了点事，对不起。

爱情刀狼说：去哪儿了呐？

今晚你不要来说：嘻嘻，不告诉你！

爱情刀狼说:说吧,还保密么?

今晚你不要来说:妹妹去洗手间了……

爱情刀狼说:呵呵……

……

黄飞心陡然一动。这"今晚你不要来"的话,分明带有点不痛不痒的挑逗性。

黄飞决心今晚一定去和她见一个面。

网络是一个虚拟的世界。但是在网络上发言的必定是一个个活生生的人。互联网刚刚兴起的时候,流行一句话:你不知道在网络的另一端和你聊天的是不是一条狗。事实证明,能够聊天的不会是狗,只会是人。

男人女人;丑人美人。如此而已。

黄飞决定今晚来一段邂逅。

但不能急,好几次就是因为催对方太紧,使网友直接跑掉不理黄飞了。

爱情刀狼说:有男朋友么?

今晚你不要来说:有过。

爱情刀狼说:什么叫有过?

今晚你不要来说:就是曾经拥有,但现在没了。也叫过去时。

爱情刀狼(给了个龇牙的表情)说:哦。明白了。

今晚你不要来说:你这个名字怪怪的。是不是喜欢刀郎的歌啊?

爱情刀狼说:也许吧。但我是个爱情刀客,与我打交道的女孩都很受伤。

今晚你不要来(给了个坏笑的表情)说:那么厉害!那你是用什么武器呀?

爱情刀狼说:刀啊!这是七种武器之首,它无形又有形,能使人在不知不觉之间受伤,却心甘情愿倒在我怀里死去。

黄飞呵呵地笑了。

黄飞一直为自己的急智而自傲。在某个群里,曾有三四个家伙同时与黄飞聊,一番唇枪舌剑,最后他们都差不多是晕头转向逃走。

今晚你不要来说:你这么酷,那我见到你害怕了怎么办啊?

爱情刀狼说:别怕,其实在冷酷的外表下,我有一颗温柔似水的心。

今晚你不要来说:那……哥,见个面吧?

黄飞一拍大腿,有戏!

但这时候,千万不能急躁。稳坐钓鱼船,才得把妞泡。

黄飞喝一口浓茶,略一沉吟,便噼里啪啦又在电脑上敲字。

爱情刀狼说:你在哪儿?

今晚你不要来说:海淀高村。

爱情刀狼说:你不怕我吗?

今晚你不要来说:嘻嘻,我不怕你……你又不会吃人,是吧? 你能喝酒吗?

爱情刀狼说:那看什么酒——我从不喝白酒。

今晚你不要来说:那喝点红酒吧,你能带一瓶来吗? 在我宿舍喝。我这里有零食,可以佐酒的。

爱情刀狼说:可以啊。你喝什么牌子的?

今晚你不要来说:张裕,别的不喝。

爱情刀狼说:呵呵,我俩一样啊! 交换一下电话吧。我的137……501。你的呢?

今晚你不要来说:868……666。

爱情刀狼(给了个鼓掌的表情)说:好号! 是小灵通吧?

今晚你不要来说:是啊。哥你的号码也很给力啊! 你现在就动身吧。

爱情刀狼说:好啊,我现在就下了。88:)

今晚你不要来说:886

黄飞披上皮夹克。

天真的凉了。

黄飞走下楼,拐到附近超市买了一瓶张裕干红。

今晚有故事。想起刚才她说自己去"洗手间",黄飞不禁在冷风中有些昂然。

第一章 她死了,黄飞杀死了她

007

黄飞打了个车,看也不看,就对司机说:"去海淀高村。"

黄飞捏着冰冷的红酒酒瓶,什么都不愿去想——或许这次不幸又是个丑女,那又如何?我又不娶她,就是聊聊天而已。当然,如果……

黄飞自嘲地想,如果把恐龙都见完了,该轮到美眉了吧?

这么一想,黄飞竟笑了。

城市的灯光,渐渐地疏离开去;郊区特有的压抑与黯寂,开始笼罩黄飞坐的这辆起步价 1.2 元的旧出租车。

黄飞想给她发个短信,告诉她自己已上路。但她是小灵通的,不兼容。

但黄飞已记下她在网上留的门牌号码。

黄飞以前来过海淀高村好几次。

在最穷的时候,张伍就住在这,黄飞时常来和他用电饭煲涮羊肉——这是两个穷极无聊又不乏小聪明的男人的厨艺发明。

3

车停下。

黄飞到了。

高村西街 80 号。门牌虽然有些破损,却仍清晰可辨。

黄飞敲了敲门,没有人应。

一推,门便开了。

屋里,似乎挺暖和。

她面朝里,坐在沙发上,只露出后脑勺。头发乌黑乌黑的,在灯下颇有光泽。

一台普通台式电脑屏幕,正对着门,所以黄飞一进来,就看见上面仍在跳跃着一行行字幕——

"寂寞单身夜"QQ 群,大伙正在热聊:

北极狼狗说:你算哪根葱?

航天桥男护士说：别叫唤，是饿坏了吧？

北极狼狗说：呵呵，老兄理解就成。

航天桥男护士说：打过疫苗了么，这么乱咬，别伤及无辜啊！

北极狼狗说：我绝对健康，您老就别操这份心了……

多情妹妹说：明儿来了吗？明儿来了吗？明儿来了吗？

早晚会聊出事说：??????

见解独到的绅士说：作家代笔的行为绝对可耻！

抬杠专业户说：你丫说代笔就代笔啦?!

多情妹妹说：明儿来了吗？明儿来了吗？明儿来了吗？

……

仿佛有什么不对！

静，死一般静。

一瓶红酒，立在茶几上。已经被打开，浸过酒液的血样红的木塞，歪在一旁。

两只高脚酒杯，里面残存着些许红酒。

那酒正和黄飞手上一样，是张裕牌！

她斜倚在沙发上。

但是——

一柄尖刀，插在她的左胸！

漆黑的血，浸染了她胸前的衣服。

刀柄上，隐隐刻有四个字：

"爱情刀狼"。

她极美。

她本来网名叫"今晚你不要来"。

这是一句谶语。

但黄飞来了，黄飞他妈的傻B似的打车赶来了！

黄飞知道，是"自己"杀死了她……

黄飞双手开始如同在冰水浸泡太久，发抖，发颤，无法自已。

第一章 她死了，黄飞杀死了她

剧烈的颤抖。

黄飞的汗水,浸湿了内衣。屋外仿佛有警车在呼啸!

屏幕仍在跳跃……

多情妹妹说:明儿来了吗? 明儿来了吗? 明儿来了吗?

早晚会聊出事说:??????

……

黄飞知道,不是自己杀死了她……

但是所有人,都不会相信黄飞的话。

黄飞猛搔自己的脑袋,使这部已锈蚀了的机器重新转动,我没有杀人!

但她死了,是自己——"爱情刀狼"杀死了她!

黄飞想去拔刀,想毁掉一切。但黄飞停在那儿,半天不动。这一切都是设计好的,那么天衣无缝! 那么残忍无情!

在天际,黄飞仿佛听见有慈悲的声音在对自己低语:

只有自己救自己。

第二章　黄飞该怎么办

1

黄飞杀人了。

黄飞杀死了一个女网友。

她的网名,叫"今晚你不要来"。

但黄飞不仅来了,而且把自己陷入了万劫不复的境地。

黄飞没有杀人——可是普天之下,除黄飞自己,谁也不会相信这句话。

这是一个圈套、一个陷阱,一个温柔的死亡之局。

但黄飞已然被绳索套住了脚踝,黄飞已成摆上餐桌的祭品。

黄飞给张伍打电话,时间已晚,对方已关机。

打通也没用,告诉他这一切?

黄飞告诉他今晚的遭遇,他会把牙笑掉几颗,以为黄飞又喝醉了在发神经。

明天,晚报"社会新闻"版会在醒目位置,刊出关于黄飞的消息——这将是黄飞第一次上报纸。

如果编辑追求一点图文并茂的效果，会把杀人者与被杀者的照片同时刊登，黄飞会一跃成名。

黄飞摸出钱包，里面只有 326.5 元钱。

妈的，张裕干红酒瓶冰凉，仍在手中。

黄飞走在寂静的街道，提着一瓶黑糊糊的红酒，这样子典型的惶惶如丧家之酒鬼犬。

黄飞该去向何方？

潜回办公室！

在黄飞的书柜后面，有个隐蔽的小保险柜，除了张伍没有人知道。

但里面的钱数，只有黄飞一个人知道：

5 万元整。

黄飞将亡命天涯。

今晚你不要来。但黄飞来了。

黄飞将为此付出代价。去往何方？有 5 万元在手，全国各地该可以任意挑选一下了吧？

黄飞举起这瓶酒，想使劲朝一根沉默不语的电线杆砸去。但黄飞很快重新恢复理智，把它轻轻地放入一堵墙的下面。

黄飞拦了一辆车。

黄飞要趁所有人仍在熟睡之际，取出自己的钱！——5 万块钱！

公司所在办公楼一点灯光都没有。

大铁门开了一半，一个保安穿着毛领制服大衣，脑袋趴在胳膊上，已沉沉入睡。

黄飞看看表，已是凌晨 2:30。

不能进！或许，整栋楼已被控制，就等黄飞自投罗网！

在部队时，黄飞是优秀班长。

有一次执行任务，中队长对黄飞讲了一句话：

在最危险的时候，你所做的第一件事，应该是隐藏在最暗处，然后——观察！

2

黄飞使劲拍打那扇铁皮门。

半天,屋里灯开了。

再半天,门打开了。

一个蓬头垢面的中年人,嘴里嘟囔着,把黄飞让进屋。他的眼红红的,眼角还挂着令人恶心的稀屎。

黄飞看见在一角的地铺上,一个肥胖的女人,还有一个枯瘦的小女孩,在肮脏的被子里蜷伏,这个小卖部黄飞以前来过。但黄飞一百个放心,他们绝对不认识黄飞——更重要的是,这桩凶杀案,在深夜里至少还不会被通知到这家小店。

"来一箱方便面,康师傅的。"

黄飞递上去 50 元钱。然后又抽出一张 10 元的票子,在中年男子狐疑的表情中对他说:"我就是对面楼上的。我们公司员工现在仍在加班,这是他们的夜宵。麻烦你送上去,我吃不消了,必须回家了。这 10 块钱,是辛苦费。"

10 块钱,对小卖部部长来说,是个数目了。他用黑的手背擦去眼角的脏物,挺爽快地说:

"成!"

"2 单元 401 室。你直接去吧,他们正在等。"

"成!"

中年人端着纸箱走进风中。

黄飞立在一根电线杆下。

冷风像鞭子,抽打黄飞的脸孔,还有灵魂。黄飞顾不上哆嗦。他必须全神贯注观察楼上情形。

男人走进大院。一会儿,黄飞看见 2 单元从一层开始,楼梯的感应路灯一一亮起来。

013

4层到了!

突然,黄飞看见有三个人在灯光下,把中年人围住!两个人一个箭步,熟练地有力地迅捷地,将中年人双臂向后一扭,局面一下就被无声地控制住了。

一个穿警服,两个便衣。

中年人十分紧张的样子,不时四处张望地解释着什么。

那三个剪板寸的,随着中年人的示意,不时向黄飞站的方向望。

妈的!

全控制了!

这中年人若是黄飞,就死定了!

黄飞再不敢去想那5万块钱,只有一个念头:

逃命天涯!

黄飞转身向不知名处疾走。一块断砖,绊了黄飞一下,黄飞差点摔倒。

那个保安猛地抬了一下头,又沉重地伏下去——他可以在这空旷的夜,无拘无束地做梦,黄飞呢?

黄飞没有杀人!

3

白天是不能抛头露面的。

夜晚才是黄飞复活的时段。

黄飞把手机关了。

然后,黄飞买了一张带有新号码的充值卡,黄飞把原有的手机卡,小心翼翼地藏进钱包。

一旦黄飞用原手机号与外界联络,必定会被监听。

而且,黄飞已无人可以求助。

趁着暗夜,黄飞买了一份晚报。

黄飞的照片，果然同"今晚你不要来"并排在一起。

奇怪的是，黄飞他们俩笑得都挺开心。黄飞那张照片，是从工作证上撕下来的，或许就是张伍协助警察干的。女网友的照片，使黄飞疑心那是一张大学毕业照。

她的美丽，她的死亡，刺痛了黄飞的心。

三天来，黄飞换了三个桑拿浴室。

一家收费 30 元，另两家都是 58 元。

黄飞的钱已经不多。要命的是黄飞无法入眠。

"今晚你不要来"，斜倚在沙发上，眼圈发黑。但眼睛似闭非闭，表情谈不上惊恐，也谈不上安详，仿佛这柄刀子对她而言，早晚都是要发出致命一击。

她死得平静而无声。

但刀柄上，刻的分明是——"爱情刀狼"！

晚 11 点，黄飞踱进这家地下室。

这家店的招牌挺大而亮。

"忘情水浴室"；服务项目:桑拿按摩足疗……

进去才知道，忘情水——其实就是一种脏水。一个女服务员穿着艳红的旗袍，弯腰伏在前台木板上，正在一丝不苟地挖鼻孔。

黄飞上唇刻意留起了胡子。但下巴却刮得铁青，细心人可以看出上面有一道小血口，那是劣质刀片惹的祸。

黄飞进去，先泡了个澡，冲了冲，便穿上浴衣进大厅躺下。

大屏幕正在放某部枪战片，似曾相识。

身边是个大胖子，已经沉睡，呼噜赛过老式蒸汽火车。

黄飞太困。不是肉体，而是精神。逃亡者草木皆兵，身心疲惫。

迷迷糊糊，黄飞竟入眠。

……

时续时断地睡着，大胖子的呼噜声时高时低，仿佛是种带和弦的奏鸣曲。

突然！大概在凌晨 2 点，三五个汉子冲进来:

"别动！警察！"

而且有枪！

黄飞毕竟受过严格军事训练，一片绝望之中，一骨碌翻身滚到肮脏的地毯上，双手抱在头顶。黄飞不想反抗。

反抗是徒劳的。拒捕，可以当场击毙。

完了。黄飞逃亡到第4天。终于要入网了。

一个瘦子，在黄飞腰上踢了一脚。黄飞就势趴到了地上。

大胖子被那两个人拎起来。他那腰上肥肉一颤一颤的，锃亮的手铐咔嚓锁上了他的肥腕。

刚踢过黄飞的瘦子，看也未看黄飞一眼，就在大胖子屁股上又是一脚，然后，他们匆匆撤去！

险！不是来抓黄飞的。

但黄飞的心，一下子空掉了。这桑拿浴室已不能再待。而且这胖子作为一名被追捕的逃犯，竟能睡得如此之香，十足令黄飞受到教育。

这几天，黄飞大脑一片空白。躲藏，躲藏，还是躲藏。

但黄飞没有杀人！是的，今晚你不要来，但黄飞鬼使神差还是来了。这女孩不是黄飞杀的，黄飞完全是钻进了一个可怕又可鄙的圈套。

有人混进了"寂寞单身夜"QQ群，潜伏已久，一直在观察、倾听、分析、判断，然后下定决心，设下圈套，犯下命案，将他黄飞选为了替罪羊。

黄飞被冤枉了，背上了杀人犯的黑锅。但谁会信呢？

天际，那慈悲的声音，仿佛又响起：

我们只有自己救自己！

黄飞找女服务员要了一包中南海香烟。

黄飞从不抽烟。但这时抽根烟，或许能帮黄飞在迷雾中看清方向。

甚至，黄飞还夸了那个其实挺显老的女服务员一句：

你笑起来，挺像张曼玉。

4

黄飞必须找个地方,真正地睡一觉。

黄飞感觉自己的神经,如同是绷紧的弹簧,已经到了极限。

只要有陌生人——至此地步所有人,于黄飞而言都只能是陌生人,他哪敢和任何熟人接触?——靠近黄飞还足足有一米多远,黄飞就浑身发紧,随时想逃。

逃亡!逃犯!逃命!这些词语,已使黄飞刻骨铭心。

京城如此之大,黄飞只求一张木床。这床不在宾馆,不在桑拿室,不在任何营业场所,它应该摆放在一个普普通通、正正常常的家庭。

对,是一个最普通不过,最不引人注意的住家。

只有一个平平常常的家,才不会有警察随时随地来检查和骚扰。

有这一张床,就够了。黄飞可以喘口气,然后去救赎自己。

黄飞走在无人的夜街。

看不见一个人。

偶尔有车擦过黄飞身旁,车轮碾过水泥路面,把寂寞与孤单丢给黄飞。

黄飞仰脸望去,四面尽是高楼——居民楼,只有几户人家仍亮着灯光。

谁会让黄飞进入其中任何一家,安安静静睡个觉呢?

黄飞必须自己救自己!

只要你去找,你总能在京城任何时间、任何地点,找到一家或大或小的网吧。

目前,刚好有这么一家。

黄飞选中它,是因为它的规模让黄飞判断收费肯定很低——它是为那些还没挣到什么钱的小男孩小女孩设置的。

黄飞进去前,看了看钱包。103块,还有几角零钱。

黄飞当前主要的任务,是睡个真正有质量的觉,但这个任务的第一步,

是要依靠网吧来完成的。

黄飞进去。全是衣着廉价又新潮的男孩女孩。黄飞30多岁,足能当其中个别孩子的父亲。

上网费一小时3元。挺划算。黄飞填了单子,但并不急着上机——果然,很快,黄飞看见了她。

黄飞相信自己的判断。便在她身边一台空机子前坐下。

有人在网上打游戏,有人在聊着天。

黄飞把台式电脑屏幕挪个方向,这样正好对她的电脑一目了然,而她恰恰看不见黄飞的脸。

明天还要上班的小妹妹说:可以呀,你把QQ号给我。

哥哥话不多但会疼你说:QQ1834725,你的呢?

明天还要上班的小妹妹说:我的QQ4345678。

哥哥话不多但会疼你说:你到底在哪儿上班啊?

明天还要上班的小妹妹说:在国贸20层,卖咖啡。

哥哥话不多但会疼你说:上回你不是说卖服装吗?

明天还要上班的小妹妹说:嘻嘻,骗你的……别生气哦。女孩子么,哪能第一次聊天全说实话?

哥哥话不多但会疼你说:现在几点啦? 我该下了。

明天还要上班的小妹妹说:才3:56,再聊会儿吧!

……

就是她了。上帝,请赐我好运吧!

他妈的,如果真有上帝,你看你都把我弄成了这个样子!

黄飞平静下来。在腾讯QQ上开始申请自己的QQ号。黄飞有自己的QQ号,但如今已是逃犯,还敢用么?

电脑命令黄飞输入昵称。

幸好,目前的QQ昵称,支持重名。

黄飞轻轻地键入一行字:

哥哥话不多但会疼你……

5

真的是你么？

她一脸的惊疑，但仍很热情地朝黄飞走来。

黄飞立在网吧边上那堵墙下，好让阴影遮挡自己的脸。

黄飞微笑着点头。其实，黄飞的内心极紧张——老天，千万别功亏一篑！这丫头，也是鬼精鬼精着呢！

你的 QQ 号怎么变啦？

她仍有些狐疑，但脸上开始有了笑容。看来她已经初步相信黄飞就是"哥哥话不多但会疼你"了。

"我有好几个 QQ 号呢。别站这儿了——几点啦？哦，4:25，去吃烤羊肉串吧，我请客——我一定在聊天时，答应过要请你吃东西的吧？"

"是说要请我吃东西，但可不是羊肉串哟，你说要到俏江南去吃海鲜大餐的。你一到现实中就变小气了。"

一个新疆人站在冷风中，用破扇子扇着炭火。"养（羊）肉喘（串）啊——养（羊）肉喘（串）啊——"地道的新疆腔调。

黄飞要了 10 串。这花去黄飞一半存款。

羊肉串挺香，黄飞差不多两天没好好吃点东西了。

"这么晚，怎么跑来找我啦？对了！你怎么知道我在这个网吧？！"

"小丫头，我是我们学校最厉害的黑客，上回国防部的电脑我都进去溜了一圈。要查出你在哪上网，还不小菜？"

"哪……"她用洁白的牙扯着一串肉，眼里闪着狡黠的光，接着拷问："那……你哪个学校毕业的？"

"中国科技大，计算机专业。这些都没告诉你啊？"——黄飞信口开河。

"哇塞！真棒！哦，对了，你不是才 25 吗？怎么看上去像 35？"

黄飞一惊，忙应付："我是 32 岁。计算机专业硕士。网上嘛，哪能第一次就全说真话——我肯定是有一次跟你聊天,说自己今年25岁的是吧？这就对了嘛。因为你说你才19,我怕说自己太老了,你不跟我聊了。"

"你真坏！"

她咯咯地笑了。

看来真是男人不坏女人不爱。

黄飞的心里,涌上些许凄凉的寒意。黄飞是在欺骗她。但黄飞别无他法,黄飞必须自己救自己！

"我们要点啤酒吧！"她在地上快活地蹦跳了一下,然后接着问,"对了,你真名叫什么？"

她很快活地将身子蹦到一边,自己动手去取那新疆汉子码放的燕京瓶啤。

黄飞在飞快地转动脑筋,决心冒个险告诉她自己的真名——黄飞,不信连她也能将已快过去一周的杀死女网友案牢记在心。甚至,以她的年龄,也许她对这类社会新闻从不关注呢。

"黄飞。再加个鸿字,我就是武林高手,广东省十大杰出青年——黄飞鸿！"

"真逗！黄飞鸿,黄大哥,来一瓶,算我请！"

"瞧不起我是不？不就是一瓶酒嘛！哥还请不起啊?！"

但黄飞还是小心地伸手去捏了捏钱包。仿佛仍有内容。

黄飞必须在天真正亮起来之前,把事搞定。

"你叫什么？"

"俺名字里面有个字,跟你的念法相同——林菲。"

"哦,林菲,好听。我喜欢。"

林菲脸一红,眼睛灼热了一下。

突然,黄飞放下啤酒瓶,极其痛苦地对林菲说:

"小林,你看——"黄飞伸过左手背,上面有一道抓痕,有淡淡的血渗出来。这其实是黄飞自己右手刚刚完成的作品。

"怎么搞的！"林菲吃惊地叫起来。黄飞怕惊动新疆人,忙示意她别太大声。

"小林，我来找你……是因为我睡不着，我心里难受！就是因为老在QQ上跟你聊天，我女朋友特吃醋，跟我闹翻了……临走，还弄成这样！"

黄飞右手握住左手背，仰脸望着路灯，尽量使这一切更显悲壮。

"是吗……"林菲一下有些无措起来。她的脸上，明显带有一种和黄飞合谋做了坏事，现在败露了，她必须和黄飞一起来担当的神情。

"疼吧？"她放下酒瓶，把黄飞的手轻轻握住，眼里似乎噙有泪水——"她，漂亮吗？"

"挺漂亮的……"黄飞喃喃地说，"但是，跟你聊天我最开心！"

士为知己者死，女为悦己者容。对于女人而言，男人能够亲口说出她最重要，岂非就是最大幸福？

"谢谢！黄哥。别说这些不开心的事了，我们喝酒吧！"林菲和黄飞用力把酒瓶一撞，然后狠狠地灌下一大口。这是个透明的小女孩。

"小林……我特烦——有个事，你能帮我吗？"

"咱们是朋友嘛！黄哥，你尽管说，只要我能做的！"

"你几点去上班？"

"六点半就得动身……嘻嘻，白天困了就躲起来打瞌睡呗！"

"我得去你那儿小憩一会儿……就一会儿。我烦，不想见任何人——当然除了你。"

"可以呀！不过可别嫌弃我的床脏啊！一会儿我们去我宿舍。你睡到什么时候起来都行！"

6

黄飞醒过来。

看看表，已是中午12:10。

黄飞一骨碌爬起来，感觉不论从肉体到精神，仿佛是搁置太久的电池，已经处于饥饿状态,现在都重新充过了电。

黄飞去洗了把脸,回来时,才来得及第一次把这小屋仔细端详。

这是一间半地下室,大概10平方米,刚够放下一张单人床和一张白色的类似电脑桌的床头柜。

屋里,隐约飘散着少女特有的体香。

黄飞苦笑了一下。黄飞以极不光彩的手段骗了这个女孩,睡了一觉。

黄飞开始寻找,果然在床头柜的抽屉里,有一包方便面。花花绿绿的包装,显然不是什么正宗货。仔细一看,果然是"康帅傅"牌的。

在床边有一个暖水瓶。黄飞打开,发现水只是稍微有些温热。

黄飞倒上一杯水,然后就着开水,干啃方便面。

黄飞的大脑飞转——自己必须趁早离开这间小屋——因为自己是个冒牌货,多停留一分钟就多一份被揭穿的可能。因为黄飞不是叫"哥哥话不多但会疼你"的那个人。

在墙上,挂着谢霆锋的大幅肖像,瘦瘦的,毫无深度。在床一侧,则贴着一张童安格的,这让黄飞这个32岁的老男人,稍微感到了些许亲切和一丝力量。

啃了半袋方便面,黄飞的思维开始正常运转起来。这是一间再简陋不过的一个打工妹的住处,却给了黄飞今生无可比拟的安全与依赖——

黄飞真想永远在这儿待下去——甚至都可以娶这个叫林菲的女孩一起过日子——直到一切罪名洗刷一空,一切都证明自己只是做了一场噩梦。

但黄飞不能。

黄飞再次翻开抽屉。在底部报纸下面,藏有一叠钞票!

数了一下,共6张100元的。

黄飞将其重归原处。

然后找出一张信纸,又找出一支笔,开始整理思路。

黄飞开始沉重地书写——

被杀死的女网友,以及发生在她身边的种种可能:

① 在那夜大概9:00,我们仍在网上热切地聊着天。

②她邀请我去见面,这正是我求之不得的→这种心情应该符合大多数男性心理。

③从公司去她住处,我大概花了25分钟。

④当我去时,她已经死了→是死于25分钟之前,还是在这25分钟之内?→死亡时间,这是思考的一个重点。

⑤她被杀死在屋里,那显然是她租住的→那种住处往往是有着房东加上若干租户混居→看起来散乱但实际上也有内在秩序。

⑥我是进了那道四合院大门,再进入女网友自己的屋子的,但两道门都未锁上……

突然,黄飞眼前一亮!

1.女网友被杀必定在我动身之前!

2.能不声不响杀死女网友的,必定是她熟悉甚至极熟悉的人!

3.甚至,与我聊天时,"今晚你不要来"已经死了,而以她名义与我聊天的,正是杀人凶手自己!

……

黄飞惊出了一身冷汗。

好可怕!甚至,可以再大胆猜想,那杀人凶手一直在等黄飞前去踏入陷阱——有可能他都与兴冲冲赶去约会的黄飞擦肩而过!或者,凶手躲在暗中静静观察?!

黄飞必须,也只有自己救自己。

黄飞要找到他,然后证明自己无罪。

这几乎是不可能完成的任务。

但黄飞6年特种部队的军旅生涯告诉自己,在任务结束之前,决不可以说这"不可能"。

隔壁传来沉闷的咳嗽声。地下室屋子不隔音,这陌生的声音提示黄飞该早点离开。

黄飞把这张纸折叠好,小心翼翼放入口袋,它是黄飞一系列推理的证明。

钱!黄飞掏出自己的钱包,还剩28.4元!

黄飞拉开林菲的抽屉。

崭新的 600 元钱，安静地躺在那。黄飞抽了其中 3 张，转念一想——你黄飞就是个伪君子，300 元和 600 元，有什么本质不同？卖淫一次就是妓女，堕落一回已是嫖客。黄飞之所以决定拿走林菲的钱，是黄飞已经身临绝境，同时黄飞判断林菲还不至于因为丢失 600 元钱而破产。

黄飞发现自己是一个善于从高处总结与分析问题的人，于是便毫不犹豫地把这 600 元钱全部放入钱包——转念又一想，还是取出其中 300，塞进了自己右脚袜底。虽然这双脚已经汗淋淋臭烘烘 ——但再臭的人民币，也能买到最香的食品。

黄飞想给林菲留个纸条，但这注定是愚蠢的。

写什么？一个小偷一个盗贼一个骗子，这是铁定要加在黄飞头上的荣誉称号。解释无益，反倒会给追捕黄飞的警察留下求之不得的线索。

黄飞在林菲那破了一角的穿衣镜前打量自己——留着八字须，穿着皮夹克，打着黄格子领带，衬衣幸好是砖红色，否则衣领的汗渍会在三尺开外被人看清。

黄飞决心用林菲的钱，买一套可以洗换的内衣内裤，然后添一件像点样子的硬领衬衣；如果可能，再来一条价格不高但颜色鲜艳些的领带。

第三章　回忆与搜寻

1

　　黄飞在寒风中，走进一间不起眼的网吧。

　　说它不起眼，它又面对着大街。

　　黄飞的经验告诉自己，决不可以去居民楼群中隐藏太深的网吧，那很有可能就是黑店，而黑店随时随地都有可能被人查抄。

　　黄飞有身份证，但那恰恰是证明黄飞是个逃犯的最有力的证据。

　　黄飞不能去火车站，或去大型集会的场合；黄飞昼伏夜出，黄飞在茫茫的人海里漂浮。黄飞尽量利用好上帝赐予自己的这点喘息时间，去搜寻一切可以证明自己无罪的证据。

　　黄飞交出 8 元钱，买回一张可以上网的条子。那时的网吧，还没有要求上网者必须提供身份证。

　　打开肮脏的电脑，黄飞进入谷歌搜索引擎。键入"杀死女网友"5 个字，屏幕飞快地闪了闪，一大串信息扑面而来，在屏幕右上方显示共有 187 条，"用时 0.45 秒"。

八旬老太太痴迷上网，与网友见面被掐杀至死　　　排除

独眼网友掐死 12 岁女孩，未成年人安全问题堪忧　　排除

女教师网上痴情，男网友劫财灭口　　　　　　　　　排除

慢！——一则标题扣人心弦！

黄飞仔细看下去：

女网友离奇死在宿舍，嫌疑犯亡命至今在逃

【本报讯】11 月 1 日凌晨，警方接到报案赶赴现场，在我市海淀区高村西街 80 号院租住的女大学生肖羽，左胸被尖刀刺中身亡，凶手初步被锁定一黄姓男子。截至本稿刊登，疑犯仍然在逃。

据负责此案的刑侦总队重案组组长华天雄警官介绍，受害者今年 22 岁，今年刚大学毕业，在一家外企工作。被杀当晚约一黄姓网友在自己住处见面，不久即发生血案。

华天雄警官借此案提醒全市所有网民，千万不能轻易和不熟识的陌生人见面。如有必要，一定选在人多安全的地点，或有亲友陪同，以免不测。

本报将继续关注此案。

（来源：《北京晚报》记者周小望）

呵呵。黄飞自内心发出内容极为复杂的笑来。

黄飞在世人眼里，已经成了"黄姓男子"，且为疑犯。

黄飞的照片，和肖羽的并排挂在网上，乍一看还挺有夫妻相。

黄飞又点击"评论"栏，想看看天下网友对自己如何评价。

来自"活着不比狗差"的网友，11 月 2 日 10:45：

汗！黄是估计时间太过仓促，否则应该对女网友先奸后杀。可惜呀可惜……兄弟们别潜水，都来顶啊！

操你妈！一个王八蛋！黄飞愤愤地差点骂出声。

来自"苍海多声啸"的网友，11月2日11:04：

又是一个马家（加）爵。操，中国人就善于自相残杀，民族劣根性不改！有一日我也上街扫上一梭子，杀死贪官污吏，绝对痛快、痛快！

这整个一神经病，逻辑混乱不知所云。黄飞又在心里愤然道。

来自"呢喃"的网友，11月2日15:30：

顶！我爱黄飞哥哥，多酷！三角眼里冷气逼人，小妹偶稀饭！

又是一个变态女网友。黄飞实在看不下去。在这位"呢喃"的下面，有一位叫"哮天犬"的网友，差不多是歇斯底里地狂吠：

严打！严打！！严打！！！严打！！！！严打！！！！！严打！！！！！！严打！！！！！！！

晕。黄飞真的差点晕了。

黄飞喝了口水，使自己冷静下来，以便从这群疯狂网友的疯狂评论中挣脱。然后开始尝试键入"华天雄警官"几个字，以图了解正摩拳擦掌追捕自己的这位警探是何许人也。

莫非，这位华天雄，就是……

关于"华天雄警官"的信息共有48条。这对于一个警官而言，应该是不少了。

其中，这一条足矣。

勇警察夺刃救人，恶歹徒穷途被擒

【本报讯】昨日下午三点多，在北京西站发生相当惊险一幕：一名持刀男子抢夺黑龙江来京妇女刘惠财物，被害人大声求救，并拼命追赶。而被追歹徒见势不妙，恼羞成怒，用尖刀刺伤刘惠左臂，顿时鲜血喷涌。正当目睹这一场景的人民群众目瞪口呆之际，一名中年男子勇敢冲上前去，一个漂亮的空手夺白刃，将歹徒锋利的尖刀夺下，又一个利索的擒拿将歹徒彻底制伏。

这名男子就是市刑侦总队重案组组长华天雄警官。华警官当时身着便装，送一名朋友乘坐火车，看到歹徒犯罪便义无反顾冲上去制伏凶顽。围观群众都为华警官超群武艺所叹服，却不知今年42岁的华天雄警官行伍出

第三章 回忆与搜寻

身,曾在 38 军特种侦察大队服役多年,曾 5 次荣获军队和公安系统散打冠军。

据悉,持刀歹徒系外地来京无业人员,等待他的将是法律的严惩。

(来源:《北京晚报》记者周小望)

华天雄,比黄飞整整大 10 岁。更重要的是,他和黄飞原在同一个部队服役。黄飞曾经是 38 军特种侦察大队的优秀班长!

是的,命运捉弄人!他们本来是同一战壕的战友,如果在出差途中或任何一个场合邂逅,肯定会搂成一团。可现在黄飞是逃犯,而华天雄负责将黄飞缉拿归案!

黄飞坐在电脑前,脑子一片混乱。那混乱,已是一团乱麻,剪不断理还乱。

看到华天雄的信息,使他忽然回忆起在特种部队服役的时光。

那时的他,是多么的英雄神武。可现在,他是一个逃犯!

回忆如同无形的铁丝网,死死地纠缠住黄飞,使他脑海如同电影的碎片在一闪一闪而过,难以自拔,无处可逃……

2

特种部队的大队长,声若洪钟,亲自下达作战命令:

"中国人民解放军某特种部队,野战生存训练现在开始,全体出发!"

临出发前,队员们身上的零钱都被统一收存,为的是防止途中购买群众的食物充饥。但从地图上看,这种以防万一的做法似无太大意义——小分队将要穿越的这片热带丛林山深岭峻,罕见人迹,就算有万贯家财恐怕也换不到半两大米。

第一小分队共计 5 人,分队长是位黑脸少尉,几颗粉刺在颊上闪着光,眼睛很小但特别有神,暗夜里也能反着光。

队员的脸上，都涂上了油彩，即使是白天，乍一见他们也很难辨出谁是谁来，迷彩头盔、满脸油彩加上一身迷彩作训服，使得他们拥有最佳隐蔽效果。除了头盔跟陆战战靴，队员们的武器是长、短、重、轻、无(微)声五大件，外加野战佩刀。当然在途中，他们还将娴熟地使用一些常人闻所未闻、见所未见的便携式激光红外热成像等新奇装备。

在每名战士的军用挎包中，装着此次行程 100 公里、7 天 7 夜所需的干粮：

1 公斤大米加上 5 小块压缩饼干，凭这少得可怜的粮食，要完成这么艰巨的任务，是根本不可能的。

夜，深不见五指。

从"出发"的命令下达起，所有人员都必须按战场的要求完成此次演练，在这海拔 2000 多米的丛林地带，小分队不仅在危险的条件下完成，还得随时注意经受断炊的严峻挑战……凡是在战斗过程中所能遇到的情况，"前指"都已提前安排好。

这将是一场智慧加技能的较量。

黑脸少尉带着他的 5 人小分队，如同一把尖刀插进暗夜。

"沙沙"的脚步，惊醒初眠的野鸟，它们扇起翅膀，但很快又归于平静。

常人到这海拔 2000 多米的高原，站着不动，也会胸闷气短，这是"高原反应"。可这一支特种小分队，才一个小时，已经走出了 10 公里！要知道，这 10 公里可是直线距离，如果把沿途曲里拐弯、纵横交错的山道全计算起来，恐怕 15 公里也打不住！

"啾——啾——"两声很难轻易察觉的鸟鸣。这是那种在热带丛林中最常见的小个子灰山雀儿发出的声音。

小分队一下子止住脚步。

"啾——啾！"黑脸少尉的嘴里，发出了同样的声音。

"啾——啾啾啾——啾啾……"前方又传来节奏感很强的回应。

黑脸少尉一挥手，小分队 5 名成员分散开去，迅速隐藏于树干和巨石之后。

黑脸少尉又做了一个干净利落的手势，一条黑影便猫着腰，如离弦之箭向前疾奔！

前面是一个山口，山风呼啸着，树叶和草茎发出如同浪涛般的声响。

隐约的星光下，两个人影在山口左边的巨石上来回走动。

他们是敌人派在此观察我小分队行动的，他们肩上都携有武器，看见情况异常就会发出警告，到时不仅会惊动敌人大部队，小分队也会面临被歼危险。

仿佛是听到了什么，这两个敌哨兵停了下来，互相看了一眼，从肩上取下了枪，朝着黑漆漆的深林屏息静听。

除了虫子在一如既往地鸣唱，毫无生息。

两人放了心，便端枪继续走动，观察情况。

就在这时，一条黑影从天而降，一下扑在一名敌哨兵后脊背，一个漂亮的锁喉，哨兵断了气。

实施第一突袭任务的队员，是一名老兵，代号02。

首战就是决战。一击必须置敌死地！否则，惊动敌人，不仅前功尽弃，而且小分队有被敌全歼的危险！老兵02不负众望，麻利地完成了任务。

几乎是与此同时，另一条黑影于巨石边缘，伸出强有力的双手拽住敌哨兵双腿，猛一使劲，敌哨兵就被摔了个"狗啃屎"。敌哨兵刚想挣扎着爬起来，后背上已被骑上了一个彪形大汉。这汉子硬如铁棒的左臂弯，死死锁住了被袭者的咽喉，另一只手扒在其前额狠命往后一扳，这敌哨兵也和同伴一道去见了阎王。

配合队员02消灭敌人的，正是小分队指挥员黑脸少尉，他的代号是01。

两名出色完成任务的小分队队员，并未掉以轻心。一个在前，一个在后，互相掩护着返回队员们身边。

打了一个代表"胜利"的手势之后，小分队所有的成员继续前进。

晨曦透过浓密的树林，斜斜地照进来。

已是清晨5点钟。小分队决定就地休息半小时，吃过早餐再向前进发。

在小分队里，没有姓名只有代号。黑脸少尉代号01，老兵代号02，其余依次为03、04、05。

根本无须分工，因为早已达成高度默契。两名队员在一片空地上挖起坑来。并拾石块垒灶。另一位已将铜盔的布带取下来，倒入大米，再将军用水壶的水倒入，就等着生火做饭了。

可是没有火，在这荒无人烟的丛林深处，火是生命之源。

只见老兵02找来一根粗壮的干树枝。一头着地，一头斜架在一块大石头上。在树干悬空处，已填上了些许干草和木屑。老兵02取出野战佩刀，砍下一截枯死在一棵大树上的藤条，并对之做了简单的修理，使其光滑平整。老兵将藤条套住干树枝，双脚踩在树干两头，弯下腰双手各捏藤条两端，迅速有力地左右抽动起来！

不到一分钟，由于摩擦发热，靠近摩擦部的干草冒起一缕青烟。另一名队员跪在地上，趁势朝着火苗吹了几口气，"珍贵"的火苗蹿了起来。

虽然没有"四菜一汤"，可今早的大米饭吃起来格外地喷香。

一名队员放哨，其余队员休息。

快6点钟的时候，太阳从山顶上露出来了。小分队也又一次出发了。

3

山更高，路更险。

穿过一片小树林，眼前猛然开阔。正当大伙精神一振，以为可以不再翻山越岭爬坡过洞时，才发现横在大家面前的是一道天堑——一道宽近百米、深五十多米的山涧！

从涧上往下望，悬崖如同墙壁般垂直而下，洞底有一条河流正奔泻而过，轰隆声令人胆战心惊。若从涧上一不留神失足而下，不摔成粉身碎骨才是怪事！

然而，绝处逢生正是特种兵的拿手好戏。

只见黑脸少尉01从行军背囊中取出一捆粗绳，一端拴在崖顶一棵大松

树的根部,然后将另一端抛到洞底,绳子刚好够长。这时,有队员将另一根长绳拴在黑脸少尉的腰际,它将是维系特战队员生命的保险绳。

黑脸少尉双手握住粗绳,用力扯了两下看是否捆扎结实,然后,他一纵身就跃下深涧!

如同一只掠食的鹰,黑脸少尉双手握住绳索,迅速滑了下去。在坠到10米左右的地方,他借着惯性双脚一蹬崖壁一块巨石(若石块不结实会造成危险),乘势又飞速下掠二三十米!

也就两分钟,黑脸少尉已立于洞底,他朝洞上的人挥手示意,上面的人看到他,只不过是一个黑点。

黑脸少尉将粗绳一端拽紧,使它尽量呈倾斜角度。而他腰上的保险绳,已被洞上的战友收起,并拴在了第二个即将下洞的队员腰际。

由于粗绳的两端都已固定,所以接下来的滑翔相对轻松。一个个矫健的身影从天而降,就是苍鹰看见也会自叹弗如。特种兵们做这种高难度动作时,并无任何特殊装置——因为高速下滑,双手很容易被绳索磨烂,所以他们都戴上了帆布手套,但是保护装置,也就仅此而已。

从50米的高空,双手握着下垂的绳索飞速滑下来,这需要多么大的勇气和臂力!

惊心动魄的一幕刚刚结束,眼前的困境依然重重。

涧底的河流阻挡了小分队的前进。这条河流并不是太宽,可那湍急的巨浪和骤急的落差,暗示了它的深和险。小分队绝不能"摸着石头过河"。唯有保存自己,才能打击消灭敌人。

老兵02自告奋勇要求打前站。他取出野战佩刀,三下五除二,就砍下一根二米多长的木棒,握到手中。涉过山区的河流有严格要求,因为水流湍急水温低,再加上河床坎坷不平,涉渡时应将木棒支撑于水的上游,以保身体平衡。

老兵02小心翼翼地往前摸索。以防水底的尖石伤脚,也为更好保持平衡,老兵全副武装,而且按要求脚着防暴靴。

水流看来太急了,老兵在河流中左摆右晃,如同走在钢丝绳上飘忽不定。

在这边的战友们都为他捏了一把汗。轰鸣的水声，正暗合了小分队焦躁不安的心情。

突然，危险发生了。在一刹那，众人还未看清是怎么回事，老兵02脚下一沉，整个人失去了平衡，一下子没入水面！那根刚刚经老兵精心削制的木棒，顺着激流飞速漂下去，转眼间就不见了踪影！

战友的心，都蹦出嗓子眼了。一名新兵，面对这惊险一幕，尖叫了一声，朝河水奔去。

黑脸少尉01的脸更加黑了。但他一手扯过新兵，双眼刀子一样直插河流，仿佛能透过激浪追寻失足战友的身影。

"呼啦！"一声水响，老兵02冒出水面！

老兵02依然艰难前行。更湍急的激浪冲向他，他依然左摇右晃，可步子更稳健了。只是，老兵的背略有些弓，前进得也更加吃力了。

终于，老兵到达了河对岸。一上岸，老兵如释重负地扔下一块足有二三十斤重的大石头！

原来，他一脚踩着了河底的圆石块后，失去重心，被冲入水流。

此时，训练有素的他没有惊慌失措，而是就势屏住呼吸索性沉入水底，双手抱起了这块"肇事者"，凭借着它的重量与自己的体重，抵挡一阵猛过一阵的巨浪冲击！

河岸两边扯起了绳索。

特战队员们手扶着绳索一个紧接一个，顺利地涉过了有惊有险的河流。

然而，摆在前面的路更加艰难——和当初滑翔而下相反，他们又得攀过陡如峭壁的50米悬崖，才能到达山涧的另一端！但这，同样难不住已练就超人本领的中国特种兵。

还是黑脸少尉01先显身手。只见他紧走了几步，来到峭岩之前。屏息、换气，突然一纵身，整个身躯已贴在了一米多高的石壁之上。这之后，他双掌紧撑岩石，两腿内侧紧贴岩面，运足气力腾空弹起，每跃至半米多高，便稍微停顿。如此者数十回，不到五分钟，全副武装的黑脸少尉，已经站定在了50米高的崖顶之上！

这飞檐走壁的过程,全发生在半空之中。他稍有不慎,就会摔在乱石丛中,必定粉身碎骨,后果不堪设想!

少尉放下随身携带的绳索,下面的队员开始一个接一个双手拽着绳子往上攀登。这种"抓绳上"的技能,特种兵们平时已演练过千百次,这次应用于"实践",一个个身手敏捷,整个小分队全部攀上崖顶,前后不超过20分钟!

弹未尽,粮先绝。

特种兵们一路上奔袭,体能消耗大,需要极大的热量来补充能量,可是,最后一粒米吃完了,真正意义上的"野战生存"开始了。

上午下了一场雨,天再没有晴。

这时,小分队迷路了。

这丛林中多为松树。老兵02来到一棵斜卧着的巨松底下,进行了细致观察。

1分钟后,他得出了结论——向左,是他们此次将要走的目的地的方向。

他的判断来自他的常识。夏天炎热,松柏在烈日炙烤下,将流出许多的胶汁。靠南的树干上流出的油脂比北面的多,而且结块大。在这棵卧松的树底下,有一个蚂蚁窝,它的坐向正在树脂多的一面。而蚂蚁窝边上一块脸盆大小的石头,上面长了许多青苔。因为青苔喜欢潮湿,不耐阳光,所以青苔长势最好的方向就是北方。

种种情况表明,往左,就是去往北方。于是小分队继续前进。突然,队伍里发出一声轻微的"哎哟!"声。黑脸少尉凝神一看,原来03的腿里钻入了一只山蚂蟥。

这种软体动物,足有一支钢笔长。扁平的身躯此时因为全身用力,已经微微拱起。吸盘紧紧贴在03的腿上。身子不易察觉地一耸一耸,隐约可见淡淡的血液沿着蚂蟥的血管进入它的腹内。被咬的03眉头紧锁,有汗珠从额头上渗出。

有战士用野战佩刀照着蚂蟥的胖嘟嘟的脊背用力一拍,这"吸血鬼"只是有弹性地鼓了一下身子,继续它的美餐。

其实，为了防止蚊虫、扁虱、蚂蟥袭扰，小分队出发前已扎紧裤腿和袖口领口，裤腿还按野战要求塞进靴子，而且，每人的靴面上涂了一层肥皂，以防蚂蟥上爬。可能是连日奔袭，又蹚河涉水。日晒雨淋，肥皂早已冲刷一尽。对付蚂蟥最好的办法是用火攻，哪怕是用烟头对着它轻轻一刺，它也会缩成一团滚落地上，可是，没有火。临时取火，已来不及。

黑脸少尉只好使出"残酷"一招。他拔出野战佩刀，一手捏住这比大拇指还粗的蚂蟥头部，一手握刀切割它贴紧人肉的吸盘。几乎是硬扯，蚂蟥总算被"请"下"餐桌"。

愤怒之下，这只已吸得半饱的家伙被队员们用硬靴子踩了个面目全非，还被03用刀子剁成了肉泥。

大伙儿更加小心，因为前面将有更多的危险等待他们。

4

小分队在一个斜坡上，停下来休息并午餐。

04作为今年刚入伍的新兵，这次行动是他第一次。一开始他还有种强烈的新鲜感，兴奋得一夜未睡好，就盼这队伍能早日出发。经过两天两夜的奔袭，一路上翻山越岭，他已经感到了无比疲劳。休息的命令刚下，他就迫不及待地找一块平整石头坐下来，喝了一口水，双手抱枪望着忙碌的战友，有点失神起来。

老兵02和队员05突然都朝他打了一个手势——不能动！

他一惊。莫非是……一时间，他想到了种种不测：蚁窝、蚂蟥、毒蛇——看着战友们那惊惧的眼神，他至少可以判定自己这次肯定是惹上大麻烦。

他不敢动。

老兵02的心提到了嗓子眼儿上。04根本不知道自己的处境多么危险。他稍一动就会死于非命，可自己却不能跟他作过多解释，也容不得与他多作解释。

采取行动的时间与 04 的生命正成反比。

05 也是一位新兵。他的额上渗出汗珠。紧盯着老兵 02，盼他早点出招。

老兵 02 轻轻地从肩上取下军用挎包，小心翼翼地倒出里面的物品，然后把右手伸进去，五指张开又合拢，如此反复几次，感觉还算灵活自如，才轻轻地向 04 走去。

在 04 的头顶，一片扁长的绿油油的像把菜刀的树叶子上，一条比绿色铅笔长不了多少也粗不了多少的东西，朝着 02 迅速地转过脑袋，比绿豆还小的两只小眼睛里，闪着两道恶毒凶残的光芒！

老兵 02 的手心出了汗。

刹那间时间凝固了。只有 02 一小步一小步地向那令人毛骨悚然的毒蛇走去。

在离 04 只有一尺远的地方，老兵 02 站住了。

他缓缓地举起右手，并把它与那片菜刀状的绿色树叶保持同一高度。那毒蛇已知危险来临，半个身子已然竖起，昂着扁平的三角脑袋，迅速地吐了两三下火红的芯子，发出令人胆寒的"咝咝"声。

说时迟，那时快，老兵 02 罩在军用挎包里的右手，如同闪电般地扑向毒蛇！

而毒蛇，几乎是与此同时狠狠地咬向老兵 02！

没有一点声息，甚至连那片刚刚还是死亡陷阱的扁长树叶连颤动一下也没有。

这细如铅笔的毒蛇已握在了老兵 02 的右手之中。隔着厚厚的帆布，02 的手仍在微微地发着抖。

这惊心动魄的一幕，只不过发生在 5 秒之内。

这条蛇名"竹叶青"，是世界上最毒的几种蛇之一。它个子小，毒性大，可谓见血封喉。而且它浑身碧绿，常藏在竹叶之上，肉眼很难发现，所以对人的危险也极大。

这时，小分队其他人都赶过来，目睹这一幕的 04 和 05 擦去头上的冷汗，一时说不出话来。

老兵02伸过手中的"战利品",不无自豪地炫耀一番。然后,他左手从腰际拔出野战佩刀,照着还在浑身乱扭、张着血红大口的"竹叶青"的七寸挥砍而去。

青色的蛇头,一下子飞出去。落地之时,这毒物仍不肯善罢甘休,竟死死咬住了一段烂木棒,白森森的牙钉在上面,真不知有多少毒液经过毒牙注射到了这截"死木头"上了呢!

蛇血喷涌而出。老兵02举起蛇身,将已断的蛇颈对准嘴巴一顿啜吸,鲜腥的蛇血还温热着就全然入腹。老兵充分利用资源,用刀子划开蛇腹,这蛇身虽不过指粗,可一颗蛇胆绿莹莹的足有蚕豆大小!老兵眉不皱眼不眨,把这沾血的蛇胆送进口中,生吞了下去。

这蛇胆,能使美餐一顿的人更加眼明心亮。

这个中午,大伙都吃到了一小截此次行动中最"名贵"的一道菜:

"素烤竹叶青"。

5

根据经验,黑脸少尉带着他的特种小分队,尽量踩着大型野兽的蹄迹行走,这样可以避免误入毒虫区或陷入沼泽地。

但有时,在比较平坦的兽径上,会突然出现散盖着的乱草和树叶,或是路边突然有不自然弯下来的树干或竹竿,这时一定要格外小心提高警惕。这很可能是敌人埋下的地雷。

有时,猎人设置的陷阱口,捕兽的铁夹子或吊索甚至绊线地枪都会对小分队造成生命威胁。

虽然路途遥远、艰苦,队员的体能消耗大,山高沟深具有相当的危险,可这毕竟是一次演练,不会有真正的敌人,拿着真刀真枪进行偷袭。

饥饿,才是真正威胁小分队生命的杀手。

断粮已3天。

在这之前，先断了水。幸好是在热带雨林，走一段路就可能会发现河流或山泉。特种兵在野外行军虽无检验设备，但可以根据水的色、味、温度、水迹概略地鉴别水质的好坏。

黑脸少尉一边示范，一般教大家如何进行鉴别水质的操作。

纯净的水在水层浅时无色透明，深时呈浅蓝色。可以用玻璃杯或白瓷碗盛水观察，通常水越清水质越好。老兵02最高明的一招就是：取一张白纸，将水滴在上面晾干，然后观察。清洁的水是无斑迹的；有斑迹的证明水有杂质，不可饮用。

而且，在一天前，黑脸少尉带领小分队队员们在一条小河流边，于距水流约两米处的沙地中挖了一个小坑，很快坑里渗出了清澈的水来。大伙都灌满了军用水壶。这些水足够维持一段时间了。而且，热带丛林多雨，饮水不是问题。最关键的是食物！

饥饿，如同一只只大手紧紧攥住每个队员的胃。

"人是铁饭是钢，一顿不吃饿得慌。"

更何况特种兵们穿行于崇山峻岭之中，没有食物，别说保持战斗力，维持生命也难啊！

在刚刚被暴雨冲刷过的河滩上，眼尖的老兵02发现了一条粗壮的黑蚯蚓！他靠过去，抓起这条黑糊糊的爬行动物扔进自己的钢盔里。在他的带领下，小分队分别用细木棍、竹签、野战佩刀挖到了差不多满满一钢盔的蚯蚓。

吃蚯蚓是有讲究的。取一根细木棒，顶在蚯蚓的头部，然后略一用力，就能把蚯蚓的五脏六腑翻出来。除去泥土，冲洗干净，抹上少许食盐，就可以把穿在木棒上的蚯蚓烤着吃。经验不足的队员04，想来个"水煮蚯蚓"，等火候到了便揭锅盖，看到的只是一锅烂泥巴！谁叫这蚯蚓的肉太"嫩"呢。

蚯蚓肉虽嫩，毕竟是土腥味太浓。有个别新兵，差点呕吐出来。

正在烤蚯蚓时，有一只肥硕的绿甲蝗虫飞快地蹦跳着，从草丛中飞落到一根树梢上。黑脸少尉眼疾手快，一伸手，两个指头就死死捏住了这送上门来的美味——不做任何处理，只往蝗虫屁股上穿上一根竹签，就放火上烤起来，一阵掺杂着焦味的香气传递开来，黑脸少尉拿着这已被烤炸得开了肚皮，而且还有不少蝗虫子的佳肴送进口中。"咔嚓咔嚓"几下子，这蝗虫就进了少尉的腹内。

众人看黑脸少尉吃得如此投入，一时呆在那。有机灵的扔掉丑陋的"蚯蚓串"，开始捕捉蝗虫了。

这顿午饭，品种说起来差不多比"满汉全席"还要丰富，蜗牛、蚂蚁、知了、蟑螂、蟋蟀、蝴蝶、飞蛾、蝗虫、蚱蜢、蜘蛛、螳螂等等，都被小分队的成员们尝了个新鲜。

6

小分队最难忘的一段经历，恐怕就是掏野蜂窝了。

天快黑时，走在最前头的队员意外发现在一棵大树上，悬挂着一个足有篮球大小的蜂窝。

根据判断，这蜂窝是热带丛林中常见的毒蜂，当地人称之为"葫芦蜂"。据说三只这样的"葫芦蜂"，就能蜇死一头壮公牛。

黑脸少尉示意大家不可轻举妄动，而是仔细观察地形，并选好进退的路线。同时他宣布：今天将在此宿营。

夜来临了，老兵02带着一名队员，在蜂窝下方生起一堆火来。"葫芦蜂"一生最见不得火，所以一见大火冲天，就俯冲而来向火"进攻"。

薄薄的蜂翼一粘上火苗就燃成灰烬，因此再毒性十足的"葫芦蜂"，也只能在烈火中永生了。这时为防万一，用木棍和石块对蜂巢进行敲击，逼得里面幸存或暗藏的蜂子再度向烈火出击。

胆大心细的老兵02，再次出手。他小心翼翼地攀上大树，用军装一下将蜂巢包住。拽下了这只庞然大物。黑脸少尉接过蜂巢，将其浸入水中，最后几只毒蜂在水火夹攻之下终于也咽了气。

剥去蜂巢外壳，里面尽是白色的蜂蛹。性子急的一边捡一边品尝，都说"味道好极了"。而"讲究"些的，则将蜂蛹放到钢盔里，也无须加油盐，就抓紧

时间"素炒"着吃。

有饭量大的,吃完这尽是脂肪的蜂蛹仍不过瘾,竟去火堆旁捡起一只只烧得恰到好处的成年蜂,开始一番细嚼慢咽。

大伙儿一致认为,这成年"葫芦蜂"虽皮糙肉厚了些,可由于火候好,烧得"外焦里嫩",也还是颇有吃头的。只是,吃得多了,舌头被摩擦得皮都快掉了……

7

海拔越高,空气越稀薄,环境也就越恶劣。

在山的阳面,于巨石之上时有长蛇盘踞,懒懒地晒太阳。

小分队成员自己动手削制了捉蛇木叉,对准蛇的颈部猛叉下去,再捏住蛇尾狠抖,数米长蛇便骨头散架,瘫在地上。

蛇肉在丛林中,既美味又最充饥,只可惜海拔太高,水的沸点过低。有时钢盔煮蛇肉硬得像皮筋,差点把特种兵们的牙给嘣下来。有自诩牙口好的,用牙狠命撕咬一块下来,蛇肉仍在滴血。

特种兵总有超人智慧,他们在黑脸少尉的带领下,开始把蛇肉切成薄片,平摊到石板上烧烤。烧熟的蛇肉抹上食盐,吃得特种兵们满嘴是油!

在反跟踪与反侦搜方面,特种兵必须像猎犬一样机警,像狐狸一样狡猾。

一个合格的特种兵,能够在复杂的环境中,通过蛛丝马迹来推断自己是否安全。

这支小分队,除了顽强地生存下来,还必须保证不被"敌人"追踪并攻击。而这密不透风的丛林之中,随时随地都要提高警惕,因为你永远不知道敌人现在何方。

自己在明处,敌人在暗处。不让敌人发现自己的行踪是反跟踪的关键。

黑脸少尉在这方面,对属下的要求近乎苛刻。吃过的剩东西,连同燃尽的柴火,必须埋起来做伪装。甚至,队员们排泄的大便,也要挖坑掩埋。盖上枯草树叶。而小便尽量在有河流处解决。河水会把尿液冲得毫无踪影……

自己尽量减少被人追踪的痕迹,那么反过来要追踪敌人,就得从对方遗弃的纸张、香烟盒、篝火残迹等着手。

据多年积累的丰富知识,黑脸少尉判定自己已被一支三到五个人的敌跟踪小组盯上了。

长时间行军,小分队已人困马乏,不利作战。黑脸少尉决定甩掉这小股跟踪之敌。

首先,小分队采取频繁改变路线和前进方向的方法。用以规避和迷惑敌人。有时,小分队走着走着会突然停下来,排成一排改变前进方向行进数百米。然后绕一个半圆形的圈子后,又向预定方向前进。而且,途中特种兵尽力避免攀折树枝,当通过树林或停下休息时,也小心地不使武器或装备擦伤树干,并绝对控制声音及光亮。

经过近 8 个小时的艰苦努力,小分队终于把跟踪之敌抛在了莽莽的密林深处。

8

这已是此次演练途中的第十五场暴雨。

倾泻而下的大雨刚歇,太阳就从树叶的缝隙中透下来。照到这支小分队的迷彩服上。

阳光里,出现一片开阔地。

4 棵碗口般粗壮的松树中间,搭起了一座小棚。

"前指"成员们已安坐其中。这小窝棚既可遮阳又可避雨,地上铺了厚厚的一层松毛,被官兵们亲切喻成"战地酒吧"。

7 天 7 夜! 100 公里!

看着黑脸少尉抖擞精神,跑步奔向他们的首长报告时,第一次参加野外生存训练的队员们眼睛潮湿了。

这支小分队第一个按时到达预定地点,完成了此次上级赋予的任务。

在老兵 02 的战地笔记中,又多了如下记载:

本次行动中,小分队共 5 人,行程 100 公里,历时 7 天 7 夜。

途中,捕蛇 35 条。

挖蚯蚓 100 余根。

捉蚂蚁 20 窝。

获蜂巢 1 个。

弹弓猎鸟 15 只。

狩获野兔 4 只。

食用野菜 35 公斤。

遭遇野猪、狼各 3 次……

为维持生命,保持战斗力,继而完成上级赋予的任务,本次行动中食用了约十余种昆虫,又有新心得:

蝗虫:浸酱油烤着吃最佳,无条件则煮或炒也可。

螳螂:去翅后烤或炒,煮也可以。

蜻蜓:干炸后可食。

蝉:生吃或干炸,幼虫味更佳。

蜈蚣:干炸,但味太差。

天牛:幼虫可生吃或烤食。

蚂蚁:炒食,味最佳。

白蚁:生食烤食俱可。

松毛虫:烤食。

……

在热带丛林中还可遇到一种形体较大的黄蚂蚁(又称酸蚂蚁)。其喜在树上筑很大的巢。发现后即用衣服兜住蚁巢,赶走蚂蚁,取蚁卵洗净,即可生食,有条件可与鸡蛋混合。油煎炒后食,味美不可言。

9

任务结束后,小分队被上级集体嘉奖一次。

黑脸少尉 01 和老兵 02 因为表现突出,都可以荣立三等功。

但是,黑脸少尉正在处于面临调整官职的关键时刻,于是老兵 02 毅然放弃了立功的机会。

黑脸少尉荣立个人三等功后,顺理成章地代理了连长,很快就成为特种部队一颗耀眼的军中新星。

黑脸少尉,名叫华天雄。

老兵 02,名叫黄飞。

——没错,华天雄和黄飞是战友,而且他们的友谊非同寻常!他们一起同甘共苦数载。华天雄获取的荣誉,佩戴的军功章,还闪耀着黄飞的光芒。

他们都曾经是特种部队最优秀的一员。他们是特种部队的骄傲,他们也以自己曾经在特种部队服役过而感到光荣。

可是,现如今,华天雄是缉捕罪犯的警察,而自己是杀人的嫌犯!身份各异,黄飞必须远离自己当年的老排长华天雄!能够远离老排长,就意味着安全。一旦被老排长抓住,就意味着灭亡!

这难道不是一种悲哀?或者就是一种玩笑?但这就是命运!

黄飞,必须自己救自己!

10

黄飞知道,自己的日子已经不多。

那张追捕的无形的网,随时随地都会将黄飞捕捞。正因为如此,黄飞便有了巨大的紧迫感。黄飞必须抢在华天雄抓住自己之前,去找寻证据来证明

自己无罪。

肖羽,那个截至目前全城人民都认为被黄飞所杀的女孩,是个大学毕业生。

她 22 岁,刚毕业不久。

在特种部队时,黄飞所受到的训练告诉他:绕过现象去观察本质,去挖掘本质,一切将一目了然。

找到肖羽的过去,就能了解肖羽身边的人。

杀死肖羽的,必定是她极熟悉的人,而此人,必定曾在她身边已久。

一个人身边生活有另一个人,只要不是一朝一夕,或是擦肩而过,那必定都会留下深深的印迹。

野兽常常行走的地方,必有足痕;即使是条光滑无声的蛇,也会在洞旁坚硬的泥土留下醒目的划道。

兔子睡过的地方,草会被折断;山鸡栖息过的枝干,会被蹭掉树皮。

家猫捞吃了金鱼,爪子上会沾有细碎的鳞片;即使是无形的风儿擦过高山,只要你认真去观察,也会发现在那岩顶,少了一层几乎就不曾存在的沙粉……

何况人!

找到一个人的过去,就可推定他的现在;知道了他的现在,就可预知他的未来。

黄飞一直坚信有那么一个人,他与肖羽曾经朝夕相处,彼此亲密。这样,当这个人的刀子插入肖羽的心脏已深,肖羽的眼才刚刚微微睁开,她来不及惊恐就已断了呼吸。

黄飞恨这个人!

因为他把无辜的自己扯了进来。自己成了他的杀人游戏中的一个棋子。

黄飞注定要被吃掉。这个人为什么要杀肖羽?黄飞连想都懒得想,大多数情况下,一个男人杀死一个女人,或者一个女人杀死一个男人,都不过"情"字而已。

这个人或许是男人,或许是女人,这并不重要。

重要的是他卑鄙地使一个老兵陷入了绝境。真正的士兵,不会这么窝囊地缴械投降——即使是死,黄飞也必定要看到是谁开的枪,才可瞑目!

但凭直觉,这是一个男人。

一个脑子跟黄飞差不多同样好使的男人。

从这一点来看,黄飞差不多又快要佩服他了。

11

黄飞的时间不多了。

重要的是,黄飞不能光明正大地出现在大庭广众之下。这样,就对下一步的调查产生了致命的障碍!

黄飞想到了她。

黄飞的前女友,她也是黄飞的初恋。

黄飞 24 岁脱军装,在军营几乎从未和一个育龄妇女在一米之内说过话。

和她相识极为偶然。他们两家公司楼上楼下,上下班几乎总能打个照面。那时黄飞刚刚创业。

黄飞自己到楼下打开水,几乎每次都和她相遇。

有一次,黄飞的水瓶不慎倒在水池边沿,内胆"砰"一声碎成玻璃渣。

黄飞尴尬地提着空的水瓶壳,悻悻地往回走。她叫住黄飞:"您等一下!"

他们此前从未开口说过话,虽然她知道黄飞在她楼上,她在黄飞楼下。

她脸红了,那种羞涩使黄飞相信她一定还是个纯洁的处女。

"我有两个壶,这一壶你先拿去喝着吧!"

"哦……谢谢!"黄飞不是一个婆婆妈妈的人,便接受了她的好意。

晚上,他们就一起吃饭了。她叫李燕,黄飞叫她燕子。

在院外的小树林里,她把初吻给了黄飞。她 16 岁考上的大学,在学校里是个谁也不会注意的小丫头片子。毕业刚工作,19 岁的燕子就遇上了黄飞。

黄飞那时玩世不恭。或者说初恋时不懂爱情——这句老话用在老男人身上照样有效——如果他真的是初恋的话。

他们独处的时候，最喜欢听她咯咯咯地笑，那是一个仍带孩子气的少女的特殊的笑。

有一晚，黄飞送她回宿舍。在灯光下，人来人往，黄飞说我们到那边草地上坐坐吧。

她说好。

黄飞坐在铁栏杆上，把她抱在怀里，黄飞亲吻着她的唇，忽然问她：

你愿意把你的一生，交给我来安排吗？

黄飞感觉她颤抖了一下。但黄飞当时只是随口说的。

他们抱得很紧，在人群中足有 30 多分钟。

自那以后，她竟有意疏远了黄飞。说实话，黄飞此前不知道什么叫爱，黄飞 18 岁进入军营，成为特种兵。黄飞只懂什么叫任务，怎么完成任务。

一个月左右，燕子来找黄飞。黄飞才发现差不多有一个月未见她了。

她说，我离开了这家公司。

黄飞说，哦？那好啊，人往高处走嘛。

然后，他们漫不经心地穿过小树林。

她忽然站住，表情极为奇怪，至今黄飞仍忘不了那怪怪的眼神——

黄飞，你爱我吗？

黄飞不假思索，脱口而出———出口就深深懊悔，但这是天意。

"我——喜欢你……"

她伏在一棵树上。无声地哭泣。整个身子如同被水浸过的面条，趴在那儿无助地抖动双肩。黄飞后悔至极，轻轻把她拥在怀里："燕子，别哭……是我不好……"

许久，她甩下黄飞，孤独地如同受伤般离去了。

当夜，黄飞彻底失眠。

失去燕子，黄飞才明白这是自己的初恋。黄飞打她手机，关机。一遍一遍，直到电池用完。

一夜一夜梦她。她的初吻，带着绝不可模仿出来的战栗。那唇，小心翼翼，仿佛婴孩用唇去碰火。

后来，黄飞也交往过女朋友。别的女孩，与黄飞拥吻只有陶醉与热烈。那绝不是初吻！

许久，没有她的消息。

从此，黄飞恨那棵见证了他们伤心离别的树。

黄飞也搬走了，因为黄飞怕触景生情。

有一回，黄飞读到了一本写得挺好的书。书上有一句话，使黄飞释然。

佛给芸芸众生都安排了好位置。

可自以为是的众生，却偏偏要自己去追寻归宿。从此人间尽是烦恼——因为我们都生活在别处，所以错误或者悲剧比比皆是。

错过燕子，失去燕子，是佛对黄飞的惩罚。

终于，黄飞和她通过一次电话。她说她在一家公司当上了主管，黄飞祝福了她便挂了。

黄飞害怕他们的重逢。

但今天夜里，下起细粒的硬雪。

黄飞将去找燕子，黄飞的时间已经不多。

除了有她的协助，黄飞一个人无法在雪花飘飞的日子，使众人相信自己依然干净如初。

12

雪下得更密了。

打在脸上火辣辣的，挺快意！

黄飞一个人悄悄站在燕子公司楼下的拐角处。燕子当上主管后，经常加班到九十点。

黄飞没有把握在这儿可以等到她。但黄飞又固执地相信，如果上天有

眼,他当赐黄飞能与燕子一见。

行人渐稀,雪在地上慢慢变厚。黄飞来回踱着步子,冷风顺着脖领往胸口钻。黄飞需要一条羊毛的围巾,可大家都认为黄飞杀了人的那时候,天还比较暖和,黄飞只有机会在颈上挂条布条似的领带。

她会不会天未黑就下了班?

也许。毕竟不一定这么巧她恰好今夜加班。

但黄飞不敢在黄昏人来人往时拦住燕子,黄飞是个京城有名的杀人逃犯。

黄飞也不知燕子住哪儿。先打电话给她,告诉她自己将来找她,这更不可能。黄飞必须让燕子在无可回避的境地,直接地与自己这个逃犯面对面!

来了! 是她!

穿着质地应该挺好的黑风衣,束着腰,青春而朝气。她今年才 21 岁! 拎着黄飞熟悉的包,当年黄飞差点送她一个更好的, 但他们分手未免太快了点。

她走过来了,黄飞心跳加速!

万一……她见到自己惊叫起来,怎么办? 这是有可能的! 黄飞四周看看,有一条巷子往黑暗中伸去,要跑还是有机会的。

不会……我们爱过……虽然失去了她黄飞才明白过来,但那应该就是爱。她的初吻都给了黄飞……但那时,黄飞还不是逃犯啊……

"燕子……"黄飞压低声音,走到她身后,深情地唤了一声。

她一愣,站住。回头。依然那么美!

"是我……黄飞。"

"黄飞? 你不是……"她张开嘴,半天合不拢。

黄飞过去,抚住她的肩。

发着抖,她如同一丝不挂行走在风雪之中!

"病了吗? "

"不是,我冷……"

黄飞伸手,在那熟悉的小巧笔挺的秀气鼻尖上刮了一下,这是当年黄飞的习惯。

她突然打了个巨大的冷战！

黄飞缩回手，她这是害怕么？

"你……帮帮我！"黄飞双眼炯烁，黄飞知道此刻只有燕子是自己最后一根稻草。而黄飞，正在绝望的汪洋中被巨浪击打得东倒西歪。

黄飞听见燕子牙齿碰在一起的咯咯声响。她真的这么冷吗？

"燕子，我们去那边说吧！"黄飞扶着她，去楼层下一排风景树丛中。但仿佛是被黄飞劫持了，燕子走得那么顺从又僵硬。

"我没有杀人！我是被冤枉的！好燕子！！你帮帮我！帮帮我！！"

黄飞的双眼可能已经通红，因为黄飞自己都能感觉里面有火在往外喷！

她躲闪，眼睛不与黄飞目光相触。是的，她是只身在同一个全城乃至全国、全球搜捕的杀人逃犯亲密接触。

"你相信我的话吗？"黄飞迫不及待地希望能从燕子那儿得到某种肯定的回馈。

她吃力地点了点头。

她相信我无罪！

"黄飞……晚上，你准备去哪儿？"她终于说话了，但这声音腔调极怪，全然不是由黄飞所熟悉的燕子嘴中发出的。

"燕子，我太困了，太饿了。帮帮我，我想睡个觉，吃点热的……"

"好吧……"

他们上了一辆出租车。

他俩坐在后座，黄飞臂膊碰了她一下。她往回一缩，仿佛触了高压电。

这辆车的年头已久，音响发出类似轻度哮喘病人呻吟般的恶劣效果。

2002年的第一场雪，

比以往时候来得更晚一些。

停靠在八楼的二路汽车，

带走了最后一片飘落的黄叶。

2002年的第一场雪,

是留在乌鲁木齐难舍的情结。

你像一只飞来飞去的蝴蝶,

在白雪飘飞的季节里摇曳。

忘不了把你搂在怀里的感觉,

比藏在心中那份火热更暖一些。

忘记了窗外北风的凛冽,

再一次把温柔和缠绵重叠。

是你的红唇粘住我的一切,

是你的体贴让我再次热烈。

是你的万种柔情融化冰雪,

是你的甜言蜜语改变季节。

……

刀郎的声音嘶哑却又有韧性,仿佛喉咙里面插上了好几根钢筋,很筋道。

黄飞悲哀起来。在雪花漫舞的夜晚,黄飞唯一能寻求帮助的人,就坐在黄飞的身边,却又如此遥远。

她告诉黄飞,宿舍是不能去的,因为那是三个女孩合租的两居室。她有个同事回家结婚了,临走把望京一处四合院的钥匙交给她保管,并请她不定时去照看照看。

不知坐了多久的车。终于到了一片平房区。

黄飞任由她去付打车钱,然后他们走进杂乱的小胡同。这已是夜十一点多,黄飞的皮鞋和她的高跟鞋踩在雪地上,发出清脆的声响。这声响,使黄飞心境凄凉。

重逢,黄飞最怕的重逢,竟以这种方式完成!

"你等我一下,我去给你买吃的。"说着,她进了一家仍点着灯营业的小卖部。

黄飞没有跟进去。黄飞双手插在兜里，一句"给你买吃的"，使黄飞内心顿生无限柔情与暖意。

她提了一包东西，估计是罐头和火腿肠什么的。

他们打开那个四合院大门，一片沉寂。

里面没有住任何人，这一晚将只是黄飞和燕子的世界。

黄飞吃了不少东西。燕子还买了啤酒，正是当年他俩常喝的听装燕京。

黄飞在被人四处追捕之中，狼的本性开始显露。

虽然那脚步压抑着，而且离这儿足有几百米，黄飞仍然听见了。

黄飞拉灭了电灯，打开房门，静静地倾听。

来人了。而且不止一个人！

但黄飞还是判断失误。高手暗夜出击，是不会轻易弄出任何声响的——此时，有一个人已经猛地推开大院的铁门，向里屋以迅雷不及掩耳之势冲将进来！

大院的铁门，竟一直就开着的！没有上锁，也没有上闩！这是黄飞作为一个老兵所犯的致命错误，但这错误更使黄飞伤心。黄飞顿时一切全明白了——

燕子……是她……但此时已不容黄飞多想，本能促使黄飞一弓腰，朝最近的一面院墙疾奔而去！

这墙至少两米以上！

黄飞右脚一蹬墙面，躯体借势一纵，双手搭在了墙顶。与此同时，左脚尖已经压在了墙面，黄飞都看到了在茫茫雪花之中更为广阔的世界了！

那追捕者发力狂奔，竟一步冲到黄飞身下，并准确有力地扯住了黄飞可怜的右脚脚踝！

他用力往下一扯，黄飞用力往上一挣，他俩打了个平手！

黄飞仿佛听到此人口中还在念叨：黄飞，别反抗了！声音似曾相识，但也很模糊。

就在此时，又有两个黑影朝这儿跑来，这是追捕者的帮手！

"别跑了！别跑了！"这明显是新手的汉子用北京话高喊。

绝望中，黄飞感觉右手下面按着的是一块松动的砖块！

黄飞抠出它，握紧，用力往下一抡，这一下完全可以正中追捕者的面门。"咔嚓"一声，砖块断裂的声音无比吓人，凭着多年肉搏训练的经验，黄飞知道底下扯自己脚踝的人，身上有一根骨头已然粉碎！

在拼命一击的瞬间，黄飞改变了砖块着力方向，没有击向面门，而是使它狠、准、稳地落在了此人的右臂。

黄飞脚下一轻松。急忙一纵身，跃出墙去。

外面埋伏了几个人，可惜似乎都偏胖，被黄飞甩在白茫茫的雪花之中。

一口气，黄飞跑了足有5公里！

黄飞怀疑自己是已到了河北，才停下来，找个背风的地方喘一口粗气。

是燕子！

是燕子去小卖部买食品时报了警！

突然，有热的泪水滚落下来——燕子，自己唯一爱过的女人，背叛了自己——她希望黄飞在这样的风雪之夜，被捉进深牢大狱！

泪大滴大滴的，这是10多年来黄飞第一次流泪，黄飞索性让它们恣意汪洋！

很快，泪水被寒风吹冷，挂在脸上的冰泪与雪花相融，使黄飞的胃一阵比一阵痉挛……

第四章 冰，或者火

1

天，肯定是在接近亮了。

你有过在这茫茫雪地，孤独地等待世界无声地亮起来的情形么？

夜深沉。

雪在地上，向你的眼反射特殊的惨淡的光。

那光是冷漠的，晶莹的，仿佛能从不同的角度去吸取你的热量，直到吸尽它。甚至，直到将你与它们融为一体，凝成没有了思想的雕像。

在夜的深处，在雪的尽头，等待天亮的时候，会时时产生奇怪的幻觉。寒冷本身会消解人们的勇气。在城市，再深的夜也会有各种声响，有点滴灯光。

这些，使你觉得自己的存在，有了一些客观的参照。

雪夜，是最漫长的。

如果，你以为从东方渐渐弥漫的白光就是晨曦，那就错了。那只是你疲惫的双眼，被自己内心的渴望所欺骗。

那的确是光明的一抹，但仍是寒冷冰雪的折射。

黑暗本身就是一种亮度,甚至就是一种热度。

在真正的暗夜,你才可以归于真正的平静。

你凝视天空。深蓝的天际和惨白的雪地,把你尽情地包裹与抚摸。在最大的孤独中,你明白了这才是最无垠的不孤单。

我们生来注定要放弃太多,但一定还要有固执的坚守。

在这个刺骨的寒夜,我们仍然有理由耐心地等待,我们可以在冷风中一动不动。

因为在雪地的最深处,已然蕴积了使人无法忘怀的温暖。

2

城市的真正醒来,是在四点左右。

一些性急的人们为琐事所烦恼,开始起床或者躺在床上叹息。他们的叹息毫无重量,那是因为他们为无谓的悲喜左右。

在城市的各个角落,还有诸多必须为营生早起的,他们在夜与昼的边缘,埋锅做饭,让再晚些起床的人们,有力气度过疲乏的一天。

当然,在开始躁动的城市里,不少人的早起就是为了赶上这一天的早班车,因为他们的生命有相当部分耗损在出门和回家的路上。

那么,另外一类人就是我们最为常见的了。这是一群晨练者,他们是慨叹甚或担忧生命过早逝去的人,有男有女有老有少。他们在尚未真正醒来的街道和胡同,杂乱地踩出杂乱的脚步,在这样的热量消耗之中,他们的生命其实只不过是最接近生命的原始本质。

3

木框门轻轻地开了。

打开它的人小心翼翼,同时极度无力。

一阵风,清晨的寒风,贼一样无声而迫不及待地钻进屋子。

虽然看不见,黄飞还是觉察到了屋里拉门的人的战栗。是的,太冷了。这冷,不仅可以摧毁黄飞的肉体,还有灵魂。

随风而进的,还有一个人!

那就是黄飞。

如果此时有人可以从容地用肉眼观察,那么这个随风而入的人,头发一缕一缕冻成冰块,脸上是大片的乌紫!

屋里人一下瘫坐在床上。

是我。黄飞平静地回答。那种冷酷的语调里,仿佛包含有直冒冷气的石块。

黄飞背靠在门后,看也不看就用手插上了门闩。这门闩,是定做的,足有拇指粗,插上后任凭脚踹拳砸肯定稳固如故。

他们都不说话。

燕子的眼通红,还有黑眼圈。看来她一夜未眠。

黄飞看着她坐在床铺上,头埋着,但脸色苍白乃至发青。恐惧,这是明显的信号。

黄飞来回踱着步,洁白的地板砖渐渐布满黄飞鞋底的残雪与泥块。

"我是来杀你的。"黄飞冷冷地说,"我在你的屋外,整整站了4个小时。我是翻墙进来的。昨夜,我一口气差不多跑到了河北。我回来,除了杀你似乎没有别的可能。那么,你怎么想?"

燕子坐在床上,整个人的躯体仿佛缩小了一半。她无助,她绝望,她根本没有想到一个头天晚上在这儿被追捕的逃犯,天亮时又出现在此处!

"燕子,放松些。至少坐姿可以端正些。何必这么扭着身子坐呢?这会很累的。——你怕死么?"

黄飞盯着她的脸看。

这是昨夜黄飞未来得及看清的漂亮的脸。瓜子形的,淡淡的眉毛,白皙的皮肤,湿润的嘴唇——只是有着明显的黑眼圈!

"黄飞……"她鼓起勇气,抬起脸。她的眼里尽是红丝。

"我怕死么？是的，谁不怕呢？如果你不怕，你为什么这么拼命地逃亡？"

说得好！燕子，你问得一针见血！

但黄飞冷笑了。黄飞站住，用眼去看她，黄飞凝注了全身的气力。

"燕子，你可以不帮我，可你不能害我！我黄飞是怕死，这是人人都具备的天性。我这一辈子都不打算自杀，因为好死不如赖活。这是我奶奶小时候就告诉我的真理——更重要的是，我们都不可能有来生。死去就不能复生，一切都成为过去。我不能就这么轻易承认结束了。"

黄飞舔了舔嘴唇。黄飞口干，这是夜风吹了太久的缘故。黄飞看到炉子上有一杯水，黄飞什么也不顾端起就咕咕喝下。冰凉的，挺过瘾。火炉已经封住，黄飞拉开灶门，捅了捅，又添了一块煤球。然后，轻微的"啪啪"声响起，黄飞知道已经有火在燃烧。

"燕子，昨夜我一口气跑了多远——你知道吗？我差不多跑到了河北！但我又回来了，我杀了个回马枪，我自己都为自己的决定感到惊讶和佩服！何况你或者那些警察。你知道吗？我在你的门前，整整站了4个小时！刮风下雪的4个小时！一动不动的4个小时！我都能听到你在鸭绒被里翻身的声音！4个小时，从黑夜到天亮！"

黄飞努力使自己平静。黄飞停止踱步，那动作不是希特勒就是蒋介石的——电影上都是这么演的。

黄飞缓缓地坐到床上。

黄飞把身子靠在燕子的身边。她似乎战栗了一下。但再没有避开黄飞。

黄飞弯着腰坐着，双手抚在膝前。眼睛盯住鞋尖，它们肮脏潮湿委屈。

"你知道我为什么冒险跑回来，站在你门前4个多小时等你开门吗？"

黄飞声音沙哑，但还是清晰地追问燕子。

她没有做声。

她也弯着腰。也是双手抚在膝前。眼睛盯住她自己的双脚尖。

"你知道为什么吗？"黄飞逼问了一句。

但马上，黄飞自己做了回答：

"我——不甘心！"

黄飞感觉这句话仿佛触动了燕子，她想看黄飞一眼但头稍一抬又埋下去。从她的姿势来看,恐惧已经减少,他们之间开始恢复了至少就如昨夜那样的轻松。

"燕子,我黄飞不甘心! 你把初吻都给了我……我至今还相信,那天我黄飞只要再坚决一步,你会把第一次也给了我——在办公室,黑着灯,我抱着你吻你,我说我们做爱吧……你没有任何反对……我抚摸着你,我俩的呼吸都开始变得粗重……但我没有继续……因为我黄飞是个负责任的人, 我不会去伤害一个我喜欢的女孩……或者说,我当时没有决心娶你,我没有权利夺走你最宝贵的东西……"

黄飞忽然觉得,一切那么地静。

燕子抬起头,望着黄飞。显然那一幕她也清楚记得,而且刻骨铭心。她眼里含着泪水,咬着嘴唇摇了摇头。

"我知道,那一天我说我喜欢你,已经伤透了你的心! 你等待的是我爱你。从此我恨那棵听过你哭泣的树,每天上下班我都为了躲开那棵树多绕好几站地! 最终,我为了躲开它而搬了家。燕子,你还记得那棵树吗?"

良久,她轻声地说:"记得……"

"可是我恨它。因为除我之外,它也倾听过你的哭泣。"

黄飞抬起右手,轻轻地搭在燕子的肩上。她没有躲避,也没有战栗。但也没有迎合。

"燕子,失去你的日子,我才知道自己失去了一切。有一天晚上,我梦见和你一起吃饭,我又习惯地去揻你的鼻子,我喜欢这么做。你同过去一样咯咯咯笑着身子往后躲,我们好开心……可是,你突然就不见了,我面前一片空白……我呼喊着你的名字,却把自己惊醒。原来,我是在做梦。起床时,我的枕头湿了一大片……"

黄飞头埋得更深。黄飞双手托住脸孔,十指却如此冰凉。

"相似的情形时常出现。我决心找你说明一切。我甚至设计好了台词,一见到你之后无论多少人在场,单膝跪下向你求婚! 但电话一遍遍打不通,最后终于听见了你的声音,我却失去了勇气,只向你道了声最普通的问候……

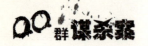

"我开始无聊,开始整天无所事事,这是极端的空虚。生意也越来越不好做,我差不多把以前赚的全赔了。没事就上网,主要是聊天。燕子,凡是一天到晚离不开 QQ 群的人,或深或浅都有病。我也是其中之一。上网聊天使你暂时有事可做,与你交谈的或许就是一只狗,这就让你充满好奇感到刺激,也就欲罢不能沉湎其中……问题是,当你一觉醒来,会觉得更加的空虚……"

燕子一直在认真倾听。黄飞吸了一下鼻子,然后深深地呼出一口气。黄飞积郁太久,必须一吐为快。

燕子迟疑了一下,还是伸过了左手握住黄飞的右手。

她的手也是那般冰凉。这个冬天黄飞都缺少温暖。但黄飞的命运多半由自己造成,燕子的痛苦却是黄飞所带来的。

他们用力握了握。

"还愿听吗?"

"嗯。"

"我开始约见网友,当然都是女的。"

她的手似乎往后缩了一下。女网友,对她仿佛有了某种触动——她还在乎黄飞和别的女孩交往吗?

黄飞接着诉说。

"有一回在网上,我见到一个叫做'混血美女喝红酒'的,便追上去和她聊。我问她能喝多少,她说一瓶。然后她问我,我说至少两瓶。她说:哇塞!哥哥酒量真大,但我不敢相信。我说事实胜过吹牛,咱们找个地方比一比。做了半天工作,她终于答应我们去后海边上一个酒吧见面。地点是她选的。"

在黄飞讲这些时,燕子至少用眼飞快地看了黄飞三四下。为什么?难道是因为黄飞在讲述和另一个女人的故事么?

"在灯光下,她等着我。个儿高而丰满,气质差些,典型的老北京女孩,她们往往从大处看得过去,却经不住仔细推敲,也就是'糙'。还抱着一只小狗,是差不多一两个月大的奶狗。但一看就不是什么名贵品种,北京人叫它们'串'儿。"

黄飞陷入了回忆。

"我们坐好后,她要了三瓶张裕干红。一瓶 480 块。我心疼得直咬牙,可空虚加上虚荣使我继续咬了咬牙,要了一个大果盘。那得 380 块。服务生把酒打开,'混血美女喝红酒'往里掺了冰块和雪碧。足有三大桶!

"然后开始喝。她话不多,对我好像也不很感兴趣,却连续接了七八个电话,看样子挺忙。可能是信号不好,她向我示意自己要去门外接——这一去就再没有回来——可我这时还抱着她的狗,体会着同漂亮情人约会的美妙感觉呢!直到又半个小时过去,小狗撒了一泡尿,我才明白自己被耍了。她是个酒托,小狗是她的同谋,也是牺牲品。我恨不得把这小狗烧烤着吃了,无奈只好喝酒———瓶 480 块!

"这一晚,我终生难忘:我一个人在那个该死的酒吧,一口气连喝了整整三瓶干红!一直喝到凌晨四点。那些服务生和吧妹都偷偷用怪眼光看我,他们毕竟年轻,脸上的嘲弄掩饰不住……

"我醉得睡了三天两夜,是那条小狗一泡尿把我浇醒的。这条狗,我求爷爷告奶奶才送给了公司一位同事。如果让我再看见它,我自己都快小便失禁了……"

"扑哧"一声,燕子笑了。

黄飞也摇摇头,苦笑着用力握紧她的手。她的手回应似的,也紧紧地握了握。

"但是,江山易改,本性难移。我不长记性,又开始和网友见面。命中注定,11 月 1 日,我在网上同一位叫'今晚你不要来'的女网友邂逅。后来你也知道了,她真名叫'肖羽'。当我去时,正是当晚 10 点左右,但她已经被人杀死了……在网上,我们互相留下了手机号,我还告诉了她我的真名……更让我无话可说的是:在匕首柄上刻着'爱情刀狼'四个字,这正是那夜我临时起的网名……"

"燕子……"黄飞转身面对着燕子。她沉默不语,低着头,仍然眼看着脚尖。

"燕子……"黄飞又轻唤。

她用力抬起脸，勇敢地面对黄飞的目光。但那脸如此苍白，甚至泛青。而那双眼，有泪痕未干，布满血丝。

"我不好……出了这么大的事，又跑过来让你难过……"黄飞想抱她，但黄飞已经没有了资格。

"黄飞，别这么说……"她用一种很复杂的目光望着黄飞，有怨有恨仿佛也有温暖，"你伤过我，我也伤过你……我们扯平了。我不知道……我真的不知道……一切竟然会是这个样子，我一时无法面对。你说过你仅仅是喜欢我，却突然以一个逃犯的身份来要求我帮助你，我做不到——如果当初你说你爱我，我还是不知道我能不能做得到……"

她的泪水又涌出来。黄飞鼓足了勇气，用手背轻轻为她拭去。过去，她的唇那么热，黄飞亲吻它们，心底荡漾阵阵战栗。现在，黄飞是逃犯，她能允许黄飞给她一点亲柔，一点安慰，黄飞已觉得十分的快乐与温暖。

"燕子，这些天我都躲在阴暗的角落，常常回忆过去在饭馆大吃大喝的日子。你知道我大手大脚惯了，身边从来都是高朋满座。但我经常郁郁寡欢，因为邻桌仿佛总比我们开心，更重要的是那儿的美女多多，而我们这儿都是姿色平平。直到有一次，我喝得大醉，去洗手间呕吐。出来时满眼泪水，这是酒后呕吐的典型表情。经过一张大桌，在朦胧中我看男男女女觥筹交错，那男士们个个衣着光鲜很有气派，而女士们人人打扮入时无比美丽。我感到一阵失落，走回自己桌子——却发觉坐错了，在人们善意的哄笑中茫然站立很久——我一时不知在这喧闹的世界，我该归属何方。原来，我该回去的，正是那些我刚才还羡慕不已的俊男靓女身边！"

黄飞停下来，双眼凝视燕子。她也不再回避。

"这是围城，是吗？"她轻声地问。

"也可以这么说。但不仅仅是。"黄飞轻声叹息，然后缓缓地说道：

"我们都是俗人，总是不能满足现在，总是渴望生活在别处。却不知，当你到了别处，别处就是现在，而那时的现在，又成了你所向往追逐的别处。"

黄飞沉默了一下，接着说：

"燕子,当我拥有你的时候,我总以为我的真爱在别处。我错了。当你一离去我就知道自己大错特错。但真正使我刻骨铭心的,却是在这段被追捕的日子。在这个地球上,活着的人何止60亿!当我绝望时,我唯一能够求助的只有你——燕子!"

"黄飞!"燕子深情地喊了一声黄飞的名字。黄飞不许她接着说,用手指去揾她的鼻子——这是黄飞当年的习惯。可现在,黄飞竟然如此自然而然地又重复它——黄飞已是一名逃犯!

"我翻墙回来,在你的门口站着,直到你醒来。我真的很冷,但想到隔一堵墙,有你,有你在温暖地熟睡,我就心满意足了。我要好好地再和你长谈,所以我愿意在黑暗的雪地里等。"

燕子是真正地感动了。她咬着嘴唇。半天,她问黄飞:

"这么冷,你为什么不喊我一声?"

"其实冷不冷,取决于你的感觉。我感觉不到冷。"

"为什么?"

"我用回忆取暖——关于你和我的。"

燕子用力地点点头。

"燕子,相信我吧!在昨晚,我找你的目的是希望你能帮我,但我用这4个小时思考明白了一个道理,那就是你没有权利要求别人为你做他不想做的。你去报警,这让我伤心甚至愤怒,但我终于想明白了:我俩交换一个角色,或许我比你更早报警。"

"黄飞!"燕子似乎想阻止黄飞继续说下去,"你为什么一定要逃,如果不是你做的,我们可以去自首,真相一定会水落石出!"

"自首?很难的,燕子!这个世界注定会有许多的悲剧。现在,我黄飞是全市乃至全国人心目中的凶手,所有的证据都能证明这一点。即使有一天这个案子会真相大白,我也已经在深牢大狱里消耗了我所剩无几的青春!我32岁了,我还没有结婚生子,我也渴望拥有完整的人生!我没有多少可以拿得出手的赌注……所以,燕子,我只有自己救自己;我必须自己来查明事实的真相。在这个几乎每天都有人杀人、有人被杀的世界,再敬业的警察也不会

为某一桩案子全力以赴。重案组的人可能每天要处理几份甚至几十份案情通报……"

黄飞眼睛凝视窗外。这时已经是清晨，反而嘈杂声变得小了起来。人们开始平静地为一天的工作做准备。

"我像一只被所有人都认为疯了的狗，必须不停地跑才会活下去。人们都要置我于死地。因为我对人们是有害的。可只有我自己知道我并不是疯狗，而是一条健康的狗，可没有人会听我说这些——在这个茫茫人海之中，只有燕子——我唯一可以信赖的你，至少能听我说完……我不停地跑，我差不多快绝望了。我太困了，饥饿倒还在其次。我快跑不动了，我到了一个极限。

"还记得那一天吗？夜晚在中关村，灯火通明。我抱着你，问你——你愿意把你的一生，交给我来安排吗？"

"记得……"燕子没有回头，黄飞看到她的秀发飘动了一下，她仿佛在抽泣。

"经历了这么多事，我多么希望一切可以重来！如果真的可以重新开始，我希望我们的角色可以换过来，我现在就躺在你的怀里，然后听你这么问我——'你愿意把你的一生，交给我来安排吗？'"

黄飞闭上眼。眼角的泪水，无法抵挡地奔涌出来。滑过面颊，滑过耳垂，滴到被子上。

燕子掏出手绢，轻轻地为黄飞擦拭。那手绢带着体温，带着清香，带着柔情，也带着爱怜。还带着黄飞一时无法体会的更为复杂的情愫。

黄飞依然闭着眼，依然用低沉而悲伤的声调接着说：

"如果是现在，我一定毫不犹豫地回答——我愿意……"

轻轻地，燕子伏下身，给了黄飞一个轻轻的吻。

一个轻轻的吻。黄飞轻轻地进入了梦乡……

4

屋子很暖和。看得出燕子在出去时又添加了煤块。

在床边，有一封信。

黄飞打开，燕子那熟悉的字迹便展现在眼前。

黄飞：

你好。你说睡就睡着了，呼噜打得那么响。

我的心里极不平静。

说实话，我不知道自己该怎么办。我从小就在父母的呵护下长大。在大学四年，连和男同学碰一下手的事都没有遇到过。从这一点来讲，你是我生命中很重要的男人。我和你，有过许多的第一次，这些对一个女孩来说，充满着好奇也充满着感激，当然也就不可能轻易忘记。

这几年我一直一个人，从与你分手我就不想再受伤害。我也常常怀念那棵树，但我和你不同，我不恨它，相反对它充满感谢。在我最无助的时候，它无私地支撑了我。我后来还回去看过它，但不久前它被砍了，那片小树林将变成一条公路。

我不知道如何形容我对你的感情。是不是爱情，这些我也没有再深入去想它。我以为我们的感情结束了。那件案子我是无意中知道的，得知你就是最大的嫌疑人，我真的一时心惊肉跳。我才明白你何尝不是那棵树，人们可以砍掉它，但抚摸过它的人，还可以在自己的记忆中随时触碰到它。

昨晚，我吓坏了。你忽然闯到我的面前，要我帮你洗刷罪名。我无法抑制自己的恐惧，你是个公认的杀人犯……

对不起——黄飞，或许我真的错了。警察没有追到你，而你却把那个叫华天雄的警官打伤了。他伤得很重，在等救护车的时候，他的同事帮助他在我屋里包扎。大家都对你恨之入骨，只有他没有吭声。最后，他说了一句：如

果这小子心再狠点，我就没命了，因为他可以砸烂我的脑袋。

我昨晚一夜没睡，我翻来覆去在胡思乱想。昨夜，本来我可以不在这儿住，我真的孤单害怕。但警察一走，我再不敢一个人走到大街去打出租车。我没有想到，你会一夜不睡，就站在我的门外。

你早上的话，深深地触动了我的内心。我愿意相信——大部分我已经相信，可关于这桩案子，我仍然无法完全相信你是无罪的——这一点，请你原谅。因为我凭什么相信呢？或者说，你怎么证明自己是无辜的呢？

但这些，已经不重要了。

我在你睡着的时候，在屋里坐了整整两个多小时，把一切能想的都想到了。我流了许多泪水，这是我一生中最艰难的时刻。我又想到了报警，我甚至都已按了110三个数字，但我不想使自己再失去一个机会。我虽然还不能完全相信你，但我愿意创造机会来相信你。

黄飞，在炉子上，我为你熬了小米粥。在床头柜，放着我给你准备的衬衣。我思考许久，决定做一次人生中最大的冒险，就是帮你去证明自己无罪。但你知道我在外企上班，这儿的制度很严，所以我自己去找老板请假了。

我们给自己一周的时间，作为最后期限吧。这一周，我什么都不干，只要你需要，我愿尽其所能。但一周之后，要么你能证明自己清白，要么去自首。

黄飞，我的思绪很乱。许多话想到了又忘了，所以就写这么一封信给你。请你相信，即使你真的是个杀人凶手，这一周我也会尽我的一切去帮你。因为上天把我们捆在了一起，这一段艰难时光就是我的宿命。

我很快回来，你等我。

燕子

即日

黄飞看完信，长长地嘘了一口气。

燕子，你是我黄飞今生的唯一。在我最艰难的时刻，你能说出即使我黄飞是凶手你也会帮的话！

黄飞端起那碗小米粥，它很温暖但不烫手。香喷喷，的确是一个逃犯所能享有的最佳待遇。

燕子回来了。

他们相视一笑。这笑，那么复杂却又那么简单！从此，黄飞和燕子，就是搭档，就是朋友，就是为了一个共同的目的去挑战的伙伴！

"燕子，明天周几？"黄飞问。

"周一。11月8号。"燕子又买了不少吃的回来。看来今后的日子，他们就在望京这座小院中度过了。

"一周时间是我们最后期限吧？"黄飞明知故问。

"是啊。有不同意见？"燕子用眼挑了黄飞一下。

"哪敢哪敢！不过有个技术上的问题，不知可不可以问一下呢？"

"说吧。"

"这一周，是指5天还是指7天？"

"当然是5天。也就是截止到11月12号。刚好是周五，一周也就结束了。"

"不对，燕子。你想一下，12号是周五，理论上周五的结束是到夜里十二点，那时上哪自首去啊？去了也是增加人民警察的麻烦。我有个建议，还是截止到14号的夜里十二点吧，反正第二天就是周一，大家都上班，抓人也算是警察的分内事，何必因为我们，闹得警察同志还要加班呢？"

燕子听黄飞说着，漂亮的眼睛不停地骨碌碌转。

"哼！你的鬼心眼最多！这一回你的意见可以批准，但不许再有什么新花样了！否则，我就不理你，去上班！"

"别！别！别！我这也是合理化建议嘛。"

黄飞做了一个鬼脸，接着说："我保证，一切都以燕子为核心，我无条件地紧密团结在燕子的周围！"

"这还差不多！"燕子嗔怪地瞪黄飞一眼，然后又笑了。

黄飞走过去，帮她从塑料袋里向外取东西。

"燕子，有一句话，请让我说出来。"

他们相对站着。

燕子看着黄飞，点了点头。

"相信我！我一定要，也一定会证明自己没有犯罪！你对我的好——"

黄飞手扶着她的肩，往下用力按了按。黄飞坚决地接着说：

"我会用一生的时间来回报！"

燕子什么都没说。她垂下脸，咬着嘴唇。突然，她变戏法似的从一堆吃食中抽出一瓶红酒：

"来，张裕红酒，你最爱喝的！"她调皮地把酒瓶举了举，神气地说：

"我请客！"

第五章　11 月 8 日

1

11 月 8 日。

一个晴天。

雪正在融化。

昨夜,黄飞让燕子先睡了,然后开始列出这一周的计划。

这是在部队形成的习惯。作为一名特种兵,在完成任务前不仅要列出方案,还必须有相应的替补预案,所谓 A 计划、B 计划就是这个意思。

黄飞决定躺在沙发上睡。这不仅仅是因为黄飞是正当壮年,不论从情感到理智黄飞都必须减少与一个美女同床共枕的亲密接触的机会。更重要的是,黄飞是一名逃犯。

黄飞绝对明白自己完全无罪,如果有罪也仅仅是罪在空虚与好奇。把自己放置在一个特殊的境地,可以使自己保持清醒,在能拿出更有力的证据以前,黄飞不是一个享有合法权益的正常人。

其实,关于一旦有了机会第一步应该做什么的问题,黄飞在逃亡之中也

零散地思考过。

解铃还须系铃人。最直接有效的办法就是从肖羽自身着手,去找寻肖羽已然消逝的世界。在那个世界里,将肖羽的爱恨悲欢一一梳理,总能找到黄飞想要的东西。

但在黄飞的计划中,第一步也是最为冒险的一步。

时间已经不多了。燕子给黄飞定下的最后期限是一周,也就是7天。但上帝给他们特别是给黄飞制定的时间表呢?或许明天一早,黄飞就会被缉拿归案。

黄飞为这个从11月8日到14日的7天都一一做了安排。而且在每一天的正式安排后面,又各准备了第二第三套方案。

黄飞绝不可以失败!

黄飞把台灯的光亮调到最低,以免影响燕子安睡。黄飞连笔尖划过白纸的声音也极力控制——经历了这么多,黄飞仿佛变了一个人,黄飞开始一切都习惯从别人的感受去调整自己的行为。

燕子在熟睡中,突然发出了一声长长的叹息,仿佛是负了重担在爬山途中的压抑。

燕子,对不起!你本来有着平静虽然可能也平淡的生活,是我扰乱了你的一切。而且,是我使你即使在梦中也不得安宁,你将不得不同一个杀人嫌疑犯在一起朝夕相处一周时间!

黄飞轻轻过去,为她掖好被角。

她熟睡着,如同一个婴孩。

黄飞的目光无比爱怜——如果不是这桩莫名其妙的杀死女网友案,黄飞此生可能再不会有机会如此近距离地凝视燕子。这或许,又符合了我们老祖宗福祸相倚的哲学了。

这毕竟是郊区,有鸡开始鸣叫。

天依然一片漆黑,黄飞甚至都能听见晨光撕裂夜幕的嘶嘶声响。

黄飞该出手了!

这些天,黄飞像野狗一样四处躲藏。黄飞忍冻挨饿受困,黄飞急于洗刷自己的罪名,却不知从何处开始。

现在,燕子终于成了黄飞坚定的支持者。许多黄飞不便做的事她可以去替黄飞做,许多黄飞不能说的话她可以去替黄飞说。

更重要的是,在最孤立无援的时候,她的一个眼神,就可以使黄飞温暖和平静。

看看表,五点还差一刻。黄飞和衣躺在沙发上,尽力使自己的大脑不再思考。

11 月 8 号,是黄飞奋力出击的第一个日子。

8 号,它包含着许多的象征和祝福,在国人眼里是个好日子。

但愿如此。

2

天终于亮了。

黄飞拨了一个电话。

黄飞是在碰运气。成功的机会只要超过了 40%,黄飞就必须全力以赴。这是丛林法则,而黄飞早已被困在罪与罚的森林。

"张伍,我——黄飞。"

"黄飞!"黄飞听见了至少是一个茶杯摔落地上的清脆声响。

"张伍,我的时间不多,顶多 3 分钟。你必须认真地听我说完,放松地听我说完。"

"嗯……但他妈的,一大早你就打来电话,和一个杀人嫌疑犯说话,我能放松吗?!"

"对不起!这不是发牢骚的时候。在我的书柜里,有个小保险柜,里面放着钱。那个保险柜全公司只有你知我知,你小子没跟警察说吧?"

"没呢,就等你归案我好独吞——你是不是就特担心这个?"

"别贫了,我的时间不多了。你记下来,密码是我的手机号,千万别错了。直接输入,就能把它打开,里面是5万块钱。"

"黄飞,你还好吧?"

"谢谢,我还好。"

"黄飞,我知道这事不是你干的……"

"张伍……我得挂了。下一步怎么做,我打你电话吧。"

黄飞当然渴望能和张伍好好地聊聊,公司经营得怎么样?同事们现在都怎么样?警察有没有到公司来?有没有对大家进行传讯?

但黄飞不能。黄飞的第一步是必须拿到一笔钱,一笔足能应付各种不测的钱。

20分钟后,估计张伍已经取好了那5万块钱,黄飞又拨通了他的电话。

"张伍,好了没有?"

"好了,共有5捆。操,你小子的私房钱还不少。"

"你把它们用报纸包好,装进一个结实的牛皮纸袋里,再用绳子仔细扎好,一定要结结实实的!"

"得,我照办。"

10分钟后,黄飞又把电话打过去:

"张伍,好了没有?"

"好了,捆得跟水泥砖似的结实。"

"谢了。你现在方便吗?——我的意思是,你现在提着钱走到阳台,不会太引人注意吧?——特别是公司的那些人?"

"搞什么鬼?你不会诱我到窗台,然后用枪打我吧?是不是临死还要拉个垫背的,我没怎么得罪过你呀?"

"张伍,别贫了,方便不?就现在!哦,对了,把手机带上。"

黄飞听见张伍嘴里发出了含糊的不满似的嘟囔声,然后他肯定地回答:

"好吧!"

他挂断了。

10秒左右,张伍熟悉的身影出现在了熟悉的阳台。

黄飞的公司是4楼,商住两用的。

黄飞拨通了他手机:

"张伍,把窗玻璃打开。我正看着你呢。"

"你丫——在哪儿呢?"

张伍打开窗,开始东张西望。他实在不明白,一个逃犯竟敢在光天化日之下回到自己的公司附近!

"别找我了。请伸头出来往下看。有位美女在仰慕你呐!"

张伍伸出脑袋。黄飞在望远镜里看到他的胖脸被冷风袭击,咧了一下嘴。

燕子穿着风衣,站在下面。她伸出手臂,向张伍调皮地打了个"V"字势——

黄飞看到张伍的表情明显地丰富起来。这小子就是见不得美女,一见美女,脸上的五官就如同突然一下子充足了电,拼命地想挪个位置。

张伍不认识燕子。

"兄弟,把那包东西扔给她吧。"黄飞在电话中指示。

"呵,亡命天涯还有这么漂亮的马子帮你,我也想弄个女网友杀杀。"

"别废话,想我们一块儿被人发现,一块儿去坐牢啊!"

"得,得,我扔。我可丑话说在前头,扔下去这事就与我无关了。到时被逮住了,你千万别说今天早上和我通过话。记住:我俩从来没有联系过!"

"我都不认识你。"

黄飞看见张伍笑了。他朝燕子挤了一下眉毛,把那包钱扔了下去。

黄飞站在对面的一栋楼的顶层,放下望远镜。

风吹着,极冷。高处不胜寒。

有了钱,就有了足够的希望。

下一步,黄飞必须更好地出击。

3

他们在铺着一片乱叶的树林会面。

没有闲人。寒风吹起燕子的长发,时时露出白皙的脖颈。

不远处是一家很小的建设银行的储蓄所。

黄飞抽出两万块钱,用纸包好,放到燕子手中:

"这是两万块,你去那儿存起来吧。"

"为什么?"

"燕子,这两万块钱是留给你的。或者说,仍然是留给我自己的。我不得不做好思想准备,因为我随时都有可能行迹暴露,被捕入狱。真的到了那时候,我求你常常去看看我,就用这些钱买点吃的穿的,给我送过去……"

"别说这些了。黄飞!我有钱。"

"燕子,听话。去吧,我等你。"

黄飞就像是一位极耐心的父亲在哄孩子。燕子真的听话地去存钱了。

还有三万块。黄飞把它们分成几部分在身上藏好。

当燕子出来时,黄飞已拦好一辆出租车。

下一步,就去查明肖羽的真正身份。

当然,警察华天雄那儿会有关于肖羽的所有档案,包括身高,体重。但黄飞敢去翻阅吗?

车到高村。

黄飞心陡然一阵莫名地感伤。

在11月1日的那个夜晚,黄飞同样是打辆出租车,来到这儿同"今晚你不要来"见面。

然后,黄飞就离奇地卷入了一桩杀人案。然后,就不得不四处逃亡。

黄飞坐在车上。

燕子与黄飞对视了一下眼神，然后就一个人下车了。

默契，黄飞与燕子已经能用眼神来交流思想，这是一个男人和一个女人对话的最高境界。

黄飞闭上眼。

司机把收音机打开，是音乐台。一个声音极美的女主持人正在和一个什么乐队的主唱对话。两个人都仿佛心不在焉，仅仅是为了完成某个过程，说的话毫无深度也无智慧。

司机听得津津有味。

黄飞的脑海，又浮现出那晚的一幕——

肖羽背对着门，露出沙发靠背上的后脑勺；电脑屏幕上闪烁着滚动字幕，网友们正在那儿闲聊；刀子！血！刀柄上"爱情刀狼"几个字那般醒目！

突然"砰"的一声，将黄飞惊醒。

燕子拉开车门，一股冷风随她钻进车厢。

燕子调皮而带些自得地向黄飞眨了一下眼，黄飞知道这说明她已经搞定。

燕子把身子靠近黄飞，示意黄飞去看某样东西。

那是一瓶酒！一瓶沾上了厚厚灰尘的张裕干红！

黄飞熟悉它，却又对它无比陌生。那晚，在所有的成百上千瓶它的同类中，黄飞的目光在它身上稍做停留，就伸手将它从柜台中拎下来。

他们的相识，就这么偶然而随意。

黄飞本来是想以它为牺牲，与一位不知美丑不知肥瘦的女网友共度一个良宵。

然而，黄飞成了牺牲品。成了一场被人精心设计的屠杀游戏的牺牲品。

在匆忙又慌乱地逃离杀人现场后，黄飞随手将这瓶酒放置在这个叫高村的村子的某堵墙下。

是的，不会有太多人注意到它。

它在连续好几个白天与暗夜里，遭人遗弃。即使有人看见了它，也不敢取走它回家饮用。它通体黯红,充盈着无限的诱惑。那诱惑对不知它的来历的人来说,如此暧昧,以至令人感到不祥。

所以,它这些天一直待在那个墙角。

所以,它被燕子好心地找回,回到当初无意中购买了它的主人身边。

黄飞咬了咬嘴唇。这是天意。

黄飞从燕子手中接过这瓶红酒。

灰尘使它显得如此憔悴。

黄飞用手拭去它疲倦的躯体上的灰尘。于是,它的明亮一下子照耀了黄飞的脸。

它认出了黄飞。它以快乐的色彩,表达了与黄飞久别重逢的喜悦。

这是一个好兆头。

燕子指挥着的哥开车。

车到朝阳一个巨大的商业区停下。

黄飞付了车钱,便跟燕子往那最高层的大厦走去。

"那房东一开始挺冷漠的,我喊了她三次'姐',她才有了点笑脸。"

"那是。你去找肖羽,这勾起了她不好的回忆嘛。"

"是啊,我说我是肖羽的同学,她以前告诉我她就住这儿,我这次是来还钱给她的。那女人就问多少钱,我说一千。说多了怕引人怀疑,说少了又不能引人重视。我说找不到肖羽,就要还钱给她的家人。最后,她告诉我肖羽单位的名称和地点——就是这儿,在 10 层 1018 房间。"

"干得好!你都可以当女卧底了。"

黄飞沉吟了一下,又问燕子:

"她没有告诉你肖羽已经死了?"

"没有,只告诉我肖羽早不在了,这或许就是一个双关语。'早不在了',其实也就是死了。就像你说的,女房东肯定不愿再纠缠进不好的回忆。"

进了大厦,黄飞在前台大厅的沙发上坐下,找了份报纸看。

燕子走进电梯,然后就消失了。

他们联手行动。计划出自黄飞的思考,但实施必须依靠燕子。

一个环节套一个环节,他们不能出任何差错。

黄飞看了看表,已近中午 11:00。也就是说,这一周的第一天已经快过去了一半。

这是自由与死亡之间的倒计时。黄飞必须赶在时间前面去找寻自己所需要的东西。黄飞必须全力以赴,必须拿出自己所有的力量和智慧。

问题是,黄飞要找寻的东西在哪儿?

黄飞不知道。

更要命的问题是,黄飞要找寻的东西是什么?

黄飞更不知道……

4

忽然,黄飞感觉有什么不对劲。

一个老兵的本能告诉黄飞,肯定出了什么事!

在电梯那儿,一个保安眼盯着黄飞,手拿着对讲机在同什么人联络。

没有受过专业训练的人,如果对什么目标感到好奇,他即使努力掩饰也不可能完全做到神情自若。

黄飞努力使自己镇定。

此时,大厅人来人往。一个个气宇非凡,大多一看就是属于白领一族。

黄飞刚刚理了发,穿上了新买的衬衣,打上了时髦的领带,黄飞自信自己十足是一个比较成功的商务人士。黄飞还特意留了胡子,八字形的,修剪得十分整齐,这使黄飞的脸与过去大相径庭。

黄飞最感到麻烦的是自己的眼。

正如上回在网上有位女网友发表评论:我爱黄飞哥哥,他的三角眼好酷。

黄飞的三角眼,至少是黄飞的一大特征。它们不仅形状欠佳,而且不时

有凶光闪现——这种目光,在特种部队比比皆是。

当然,黄飞现在的眼神正常多了。黄飞刚脱军装的那几年,十个人有九个人都会把黄飞当成便衣。有一次在南方某个海滨城市出差,晚上散步时,竟把街边拉客的暗娼们吓得四处乱窜,胆小的还加上动人心魄的惊呼——"便衣来啦!"

一个人的眼睛是他心灵的窗户。这句话黄飞小学时就在作文中写过。直到今天,才对能说出这句话的人感到无比的佩服。

黄飞必须拥有一副质量上乘的墨镜。

它是抵挡外人窥探黄飞内心世界的窗帘。

但现在,黄飞没有。

更不妙的是,黄飞身上有现金整3万!

而且,3万现金被分散藏在身上,这更无法向人解释。

如果被抓住,黄飞可以谎称身份证丢了。没有十足的证据,他们不至于就锁定了自己就是那个杀死女网友的黄飞——多少逃犯都是在被警察收审后,又轻轻松松地脱逃的。

但3万块钱的来历,必须交代清楚——这就肯定要涉及到自己的身份与职业——而这些社会背景的拥有者,名字叫做黄飞。

黄飞必须在保安甚至警察来找到自己之前,逃离这该死的大厦。

黄飞依然低着头,在认真地看着《北京青年报》。

黄飞在用耳听。

又至少有四个保安从不同的地点,向那个仍在报告的保安处汇集。

黄飞忽然将报纸往身边一个空沙发上一放,然后站起身飞快地向大厅旋转门走去!

黄飞算准了时间——那旋转门时刻都有人进进出出,如果人太多时从那里逃走,必然会被堵住。

门在不停地旋转,透过玻璃可以看见广场上要进来的人很少,而大厅要出去的人也不多!

于是,黄飞头也不回,起身向那疾走!

"站住！留胡子的，站住！"黄飞仿佛听见了一个人用山西话在自己身后喊。

黄飞理都不理，加快脚步！

他们追了上来！

黄飞再加快步子，已成了小跑。黄飞步幅至少 150cm！在部队训练时，黄飞平常步幅保持在标准的 75cm。

身边的人虽然不多，却依然各自我行我素。他们对发生在别人身上的事，仿佛从来就充耳不闻。

黄飞一个箭步，扒住了正在旋转的大玻璃门框，一闪身钻进去，紧走几步，便站在了大厦广场台阶上。

然后，跑！

黄飞穿过一个报刊亭，进了隔壁一家商场。那儿人山人海，黄飞只是其中一个极其普普通通的移动的单位。

五六个保安在广场的人群中四处穿梭。让乌合之众对付前特种兵，是件勉为其难的事。

黄飞在商场买了一副价值 480 元的墨镜。黄飞对服务小姐说，款式并不重要，重要的是不能让人看见我的眼睛。

黄飞对女孩半开玩笑半解释："我是个便衣，不能让罪犯发现我正在看他。"

黄飞试了试，问这个牙挺白挺整齐的女孩子："像警察吗？"

女孩因为有生意做，心情极好："像！像香港来的！"

黄飞付了钱，绅士地冲她笑笑，便穿过地下通道去了大街对面。

黄飞在手机信息栏里输入"我在马路正对面"几个字，然后找出燕子的号码。黄飞的拇指放在"操作"键上，开始等待。

大约 30 分钟后，黄飞远远看见燕子出现在大厦广场的台阶。她焦急地四处张望，不时来回踱着步子。

黄飞拇指摁下去。

黄飞看见她慌乱地去看手机。然后抬头朝自己这儿看。

第五章 11月8日

077

黄飞高举手臂,挥了挥。她也把手臂高高地举起来。

他们都为对方的存在而欢欣。

她穿过了地下通道。于是黄飞便在前面走,她在身后跟。

拐了好几道胡同,有一个空旷的无人的角落。

黄飞站住。

黄飞看见了燕子眼角的泪水!

"你为什么跑了?!我急坏了,我怕你真的出了什么事!"

黄飞过去,把燕子拥在怀里。

黄飞轻柔地用鼻尖去闻她的秀发。

"燕子,刚才有麻烦,我是跑出来的。别哭了,以后不会了……"

黄飞明白,燕子是这个城市最在乎自己的人!

"黄飞,我一下电梯,看不到你的人影,我当时就急得直流泪。我又不敢哭出声……我不想刚刚开始,就不得不结束……我是不是太傻了?我应该去动动脑子,你肯定会给我打电话的……"

"你不是傻。"

黄飞帮她拭去泪痕:"我们有时候因为太在乎,就会顾不上进行理智的判断。我知道,在这个世界上,你是最关心我身在何方的人!"

"饿不饿?我去买东西给你吃?"燕子努力使自己笑了笑。但惊慌的阴影并非一个女孩所能轻易走出。她的笑很勉强。

"干吗这么酷,戴上墨镜跟黑手党似的。"

黄飞摘下墨镜,努力把三角眼里还残存着的凶光挤给燕子看:

"这双眼的黄飞特征太明显,下一步实在不成就去整容,拉个三眼皮。"

"三眼皮?那不成老母猪了吗?!"

燕子终于开心地笑了。

5

经历了这一场小小的冒险后,他们俩长久地沉默了。

他们约定,下一步不论采取何种行动,第一件事就是根据当时的天时、地利、人和,确定万一再次失散如何在第一时间使对方安心。

黄飞知道,面临危险的主要是自己。

一旦被抓住,黄飞将彻底失去自由。

燕子刚才的任务完成得同样极为出色。

她去了那家德国公司。是做建筑设计的。一位年轻的中国人接待了她,他明显对漂亮的燕子有了好感,还给她倒上了喷香的热咖啡。黄飞估计,当那杯咖啡被喝到三分之一的时候,大厅的保安开始发现并要抓捕自己了。

肖羽在该公司任行政文员,至少人缘不坏。那位曾是她的顶头上司的年轻人,谈及肖羽的情况双眼都有些发红。

当燕子介绍到这一点时,黄飞开玩笑说:

"他的眼发红,可能是熬夜熬的。这帮在外企上班的年轻人,不是通宵打牌就是打游戏……"

"不跟你说了!黄飞,别这么不尊重人好不好?我相信他是真的!"

黄飞立即不说话了。是的,黄飞的本意是在逃亡之中也不能完全失去轻松与快乐,偶尔逗逗乐可以放松一下已经过于绷紧的神经。同时,黄飞承认,当燕子向自己诉说那位男士如何潇洒而体贴地对她又是让座又是倒咖啡时,自己隐隐感到胸中有些醋意。

但燕子似乎真有些生气了。她是对的,我们可以开一开无关大雅的玩笑,但不能亵渎生命中某些神圣的东西,比如人的情感。

黄飞的缄口不语,就是黄飞的认错。燕子也知道这一点,所以她又接着把侦察到的情况完完整整告诉黄飞。

完完整整告诉自己她所得到的一切,是黄飞对燕子十分明确的要求。

人们的每一句话，每一个动作，甚至每一个有可能不正常的眼神，都要及时而准确地让黄飞知道。

黄飞要的是细节。

魔鬼在细节中。

黄飞的自由，也在细节中。

肖羽1996年考入北方科技大学，计算机专业。

大学毕业后在一家私企上班。三个月后，就和所有这类应届生一样，因为总觉得有更好的地方在等着她，便辞职了。经历了几个月的失业后，她来到了这家德国公司上班。

这证明，肖羽至少是优秀的。

肖羽的死，对于公司而言并没有造成太大的震动。同事们当然对此感到惋惜。一个青春少女，被残忍杀死在自己宿舍，这无论如何是件十分不幸的事。但如果不是燕子来找她，在这家外企工作的人们大概都快将肖羽忘却了。

黄飞需要的是细节。

而燕子的可爱就在于，她找到了黄飞认为极有价值的细节。

第一，肖羽到这家公司应聘时所呈的简历复印件，被燕子搞到了手。燕子跟那位帅哥说自己欠肖羽1000块钱，既然肖羽已不在了，这钱应该还给她的亲人。帅哥眼红红地去复印了肖羽的简历，上面填写着肖羽简明而有价值的信息。

第二，肖羽坚持记日记。据她对同事说，她在12岁时就开始记下自己人生的点点滴滴，积攒起来都有一密码箱了。

而可爱的燕子以作为纪念品的名义，在那位帅哥手中取走了肖羽的工作日志。

虽然工作日志不等于生活日记，但其中必定会有很值得去研究的有用的东西。

肖羽被杀后，警察来过她的办公室进行勘察，对她的同事做了询问。这个工作日志他们也翻过，但可能认为没有什么价值，就又放回去了。

"这些东西,留着反而让我们不舒服。你来了,就拿走吧,这也算生者对死者很好的纪念。"

帅哥一边说着,一边把燕子想要的东西装进一个手提袋,交到她的手上。

现在,燕子问黄飞下一步该干什么?

黄飞一挥手,就如同毛主席当年在战场上,对某场战斗下决心似的说:

"研究这些第一手资料,从蛛丝马迹中找希望!"

6

他们回到望京那所平房。

古人讲"狡兔三窟"。他们这类已经无法过上普通正常生活的人,必须凡事多留一手。

可,三窟不易得!在这样的寒夜,经历了太多波折的他们,已经没有气力去找一个新的住处——问题是,那儿就一定比这里安全吗?

燕子在炉子上热了点吃的,然后他们开始工作。

在一堆别人眼里看来是废纸的资料中,找出对这桩凶杀案有价值的线索,谈何容易!

但,这是他们目前唯一可行的方向。

首先,必须研究肖羽的简历——

肖 羽 简 历

姓名:肖羽。性别:女。出生日期:1982.11.10。身高:165cm。

籍贯:河北。电子邮件:…… 宿舍电话:…… 移动电话:……

毕业院校:北方科技大学。专业:计算机应用。

求职意向:……

简单的两页纸,把一个女人生命的全部就这么概括了。她的生活刚刚开始,便又结束了。天下人都以为黄飞是这个美丽女孩的生命终结者,而且用了极令人不齿的残酷手段。

简历的右上角,是肖羽的免冠寸照,微笑着,同网上挂着的那张一模一样。

燕子接过这两张纸,看过,突然一声叹息——

"黄飞,后天是肖羽的生日……"

"哦?"黄飞一惊,从遐想中回过神来——可不是,简历上明白无误写着:出生日期是1982年11月10日。

黄飞默默地去翻别的东西。

这个话题太沉重。

他们一时无从谈起。肖羽的生日,就在后天……

肖羽的工作日志记得很详细,每天从上班到下班,分别处理了什么事,结果如何,都有记载。同时,她还将第二天必须完成的工作,列举在醒目位置,以便这一天第一次打开日志,就能给予自己有力的提示。

这种严谨的工作习惯,或许正是她多年来记日记所养成的。

突然,"日记"二字一下子点亮了黄飞的眼!

如果找到了肖羽的日记,就能找到发生在她身上或身边的每一桩事。事是由人做的,他们顺藤摸瓜,这样她生活中的人们也就会一一浮现——当然,没能记入肖羽日记的,应该也不会对她的生活造成什么巨大的影响——比如能如此平静地杀她。

燕子把自己宿舍的笔记本带了过来。她这时已联好网,正在液晶显示屏上搜索着什么。

"黄飞!你被悬赏了!"燕子一声惊叫,马上又捂上嘴,仿佛隔壁正有人偷听。

黄飞过去,挪过笔记本,看到一条简短的消息,或者更确切地说,是通缉令。

杀死网友疑犯潜逃
警方悬赏 5 万追凶

【本报讯】照片上这名男子名叫黄飞,警方怀疑他与 11 月 1 日发生在海淀高村的一桩杀死女网友案有关。现将该疑犯情况向社会披露,警方承诺凡能提供真实有价值信息的群众,最高可获奖励 5 万元,警方保证举报者安全。

黄飞,1972 年 6 月出生,身份证号码为……

该疑犯曾在某特种部队服役,受过反侦察训练,有特强攻击性。警方提醒广大群众,发现疑犯最好及时举报而不可轻举妄动,以免造成不必要的人身财产损失。

[点击此处看大图]

（来源:《北京晚报》记者周小望）

燕子给黄飞端来一杯水。

屋外,冷风刮着。

黄飞的照片被故意处理成了一种炭棒素描的效果。但刻意强调了三角眼中的杀气。

黄飞的处境更加艰难了。

黄飞看了看这则消息的刊发时间,为 11 月 7 日。看来这个城市已经有不少人为了那笔 5 万元悬赏,开始对黄飞朝思暮想。

在大厦里,保安们对黄飞展开的追捕,也许就是这则消息的功劳吧!

"黄飞,你想开些……"燕子不知怎么安慰黄飞,把双手抚在黄飞肩上,轻轻地摩挲。

这,给予了黄飞温暖。

黄飞伸过右手在她的左手背拍了拍，笑着对她说：

"燕子，一个人受到了不公平的待遇，心情当然不会太好。你看，警察认为我只值5万块钱，真是太低估了我黄飞。怎么着，黄飞也比马加爵强吧，那小子都被标价20万！"

"黄飞……"燕子也笑了。但这笑是沉重的，"我们再看看，还有什么关于咱们的消息吧。"

她把属于黄飞一个人的事，说成是"咱们的消息"。这让黄飞既感动又不忍。

其实，从一开始黄飞就知道这对燕子不公平。如果黄飞的罪名成立，她也就罪名成立——窝藏逃犯。并且提供了有力的实际上的帮助！这，或许会毁了她的后半生！

黄飞继续在网上搜索。

接下来的消息，就让人哭笑不得了。

西安惊现黄飞踪迹
警方突击虚惊一场

本报讯：11月1日北京一位女网友被杀一案，近段时间传得沸沸扬扬，警方悬赏5万奖金鼓励群众提供线索。11月8日凌晨左右，市公安局刑侦大队接到报案电话，一网友称其在QQ群见到有人以北京网友被杀案疑犯"黄飞"的名义公聊。

该网友半信半疑，遂与自称"黄飞"者私聊，此人对杀死女网友案的时间、地点、经过的描述极为真实，而且流露出在亡命天涯过程中的绝望。

该网友一边拨打110，一边为稳住"黄飞"与其继续交流。经过缜密侦察，警方判定自称"黄飞"的人是在本市"西安事变旧址"附近一家网吧上网，且当时正在线上。警方火速组织精锐警力，赶赴该网吧并将其包围，随后采取果断行动将疑犯"捉拿"归案。

令警方哭笑不得的是，自称"黄飞"并在网上公聊的竟是本市某中学初一男生，今年才 13 岁。警方对其进行了批评教育，并通知其父母将其领回家。

（来源：《西安商报》记者张怡）

还有一则消息，同样惊险绝伦——特别对于"当事人"黄飞而言。

警方逮住跛腿黄飞
连夜突审另有收获

本报讯：自本月初发生在北京的一起杀死女网友案公布后，警方为早日破案悬赏 5 万元。这桩轰动全国的案子，也引起广大合肥市民的关注。

昨夜在孝肃路建行储蓄所当班的保安小林，凌晨二时左右发现一男子在自动取款机旁边来回徘徊，形迹可疑。而且同刚刚公布的杀死女网友案疑犯黄飞的身材、体格和脸形极为相似。当小林前去询问时，该男子神情惊慌，拔腿就跑，但明显一瘸一拐，速度很慢。

小林奋力追赶，终将该男子擒获并送交警方。经孝肃路派出所干警连夜突审，该男子姓李，系我省淮南人。从李姓男子身上当场搜出假币 5800 余元。全是百元大钞。原来，李姓男子多次选在凌晨无人时到自动取款机存入假币，然后伺机从另外的银行取出真币。据其交代，他已用相同手段作案 10 余起，获取赃款近 2 万元。

李姓男子在很小时候患了小儿麻痹症，故行动不便。警方借此机会提示广大市民，杀死女网友案的疑犯黄飞受过严格的特种兵训练，十分危险。如果发现其踪迹千万不能掉以轻心，应及时报警。

据最先发现跛腿"黄飞"踪迹的保安小林事后介绍，当他将可疑男子送交给警方后，十分后怕，因为黄飞即使是个跛子，恐怕也不是他这样的普通小伙所能轻易对付的。但小林表示，自己以后还会尽职尽责做好自己的保安工作。

（来源：《新安晚报》记者吴歌）

第五章　二月〇日

黄飞不想再看下去了。

有人说，即使你不小心打了个喷嚏，也有可能导致太平洋上掀起飓风；还有人说，即使是蝴蝶轻微地扇动了一下翅膀，也会造成一场灾难性的地震。

看来，黄飞"杀人"所引起的效应，正在全国范围扩散。

而且，不用看黄飞就知道网上的评论，如同大海的惊涛骇浪，足能将黄飞吞没。黄飞一时失去了勇气，再不敢哪怕只是看关于这个叫黄飞的人的消息一眼！

互联网，太可怕了。

它真的就如同大海。当你站在海边，轻闲自在地目视那汪洋一片，大海只不过就是风景。当你置身其中，你才知道那巨浪的击打是如此的无情，你最为迫切的念头，就是逃离这裹挟一切的无底旋涡。

黄飞和燕子的手，紧紧地握着。

在这漫无边际的黑夜，至少还有一个人在陪黄飞。

他们彼此感觉着对方的心跳，分担着对方的煎熬，他们彼此相偎。因为船已驶入深海，除奋力向前已别无他选。

网络！

黄飞无力地关上了电脑。

黄飞有了新的计划。

黄飞必须在沙发上养精蓄锐，以待明日天一亮就开始新的行动。

此时，是 11 月 8 日的夜 11:35。再过几十分钟，这黑夜就属于别的一天。

"睡吧。"黄飞轻轻地对燕子说。

"嗯。"她迟疑着，还是向黄飞发出了邀请："沙发冷，又窄。睡床上吧。"

她看着黄飞，目光亮亮的，令黄飞刹那间心里一热。

"你的床太软。我睡木板惯了，我腰疼。"黄飞把沙发上的杂物搬掉，故意不去看她。黄飞谢谢她的好意，但黄飞已不能允许自己哪怕有一丝一毫的分心——哪怕它或许是美好的。

灯关了。

他俩都躺着,但不说话。

形势的严峻,使他们的理智都在承受压迫。

黄飞脑海一片平静,暗夜里黄飞睁大眼睛,黄飞的目光仿佛穿过了天花板,穿过了冷空中那几颗孤寂的寒星,穿过了无边的山野和呼啸的西风,黄飞看到了一个村庄。

那儿,或许埋藏着黄飞的未来。

黄飞没有告诉燕子,在肖羽的工作日志里,黄飞找到一张她在今年9月份寄往河北一个村庄的邮政汇款收据。

如果黄飞没有猜错,那就是肖羽的老家。

第六章 日 记

1

太阳每天都是旧的。

而黄飞,必须为它涂抹新的色彩。

这是早晨 6 点的北京。

天上已然没有了寒星。它们已躲到夜幕后面,为白天的到来而卸去淡妆。它们是夜的精灵,而白天是庸俗喧闹的世界。

风,冷极。

有车在凌晨的长街疾驰,但不多。车灯在城市的街道画出长长的弧线。

黄飞租了一辆车。黄飞告诉正打量燕子的司机去河北兴隆。"她是我的妻子,我们回娘家。"黄飞这样轻描淡写地说了一句。

黄飞不知道燕子脸上是什么表情。

但如果上天真的能让黄飞自由,黄飞愿意在以后的日子,随时向认识或即将认识的人这么介绍:

"她是我的妻子。"

但是,虽然天马上就要亮了,黄飞却看不到答案。

这是一辆松花江。有风钻进来,黄飞把燕子搂在怀里,黄飞愿意尽其所能给她一些呵护。

在 11 月 9 日,也就是今日的中午以前,他们将到达河北省的兴隆县。黄飞此前对其仅仅是听说,这一次却要亲临。尽管是在逃亡兼寻找真相,黄飞仍对这个陌生的目的地感到些许新奇。

那应该是个山城。这是截至 11 月 9 日中午以前,黄飞对河北省这个叫兴隆的地方的唯一认识。

事情的发展证明,一切皆有可能。

2

满天的阴霾,预示着此行或许不顺。

他们到了县城后,由于天空是如此的阴沉, 竟无法判定当时已是几点钟。

掏钱把司机打发走,便草草吃了些东西。同时做了些必要准备。

此时,上午 11:10。

他们找了另一辆车。这车脏得你往哪儿一碰,哪儿马上就顿时一片明亮。

黄飞告诉司机去马家岭。

20 分钟后,车到马家岭。

马家岭是个小镇。也有几辆车在路口等客。

黄飞又换了一辆车,这一回是去真正的目的地——肖家营。

黄飞已经研究过地图,肖家营距离兴隆县城直线距离 35 里地。而马家岭和县城与肖家营刚好构成了一个很钝的三角形。

为了尽可能不引人注意,并且不让人知道他们此行确切的目标,黄飞宁愿多绕一下,也要增加行动的保险系数。

肖家营是一个大村子。在高山之下,足有上千户人家聚居一起。一排

第六章 日记

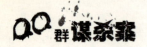

排巨大的白杨树直插云天。冬天的河北平原一片肃杀，方圆几里地不见人影。

高山上，还残存些许古长城。司机是个说话结巴的小伙，却又出奇地热情。

"那、那、那山上就是长、长、长城，在野山坡上、上、上。今天、天、天周二，人少。一到放假，俺们这、这、这人可、可、可多了！"

黄飞和燕子极少搭话。一方面希望这位老兄保持沉默，听他说话对双方而言都是件痛苦的体力活；另一方面，尽力不引起人们的注意，是黄飞一出发就对燕子定下的原则。

可以说，此行决定他们——不，主要是黄飞的生死。

他们在村口停下。

付了车钱，司机仍不肯离去："大、大、大哥，啥（什）么时、时、时候走？俺们这车、车、车少，我等、等、等你们吧！"

黄飞说可能要住几天才走。

司机极遗憾地调转车头离去了。

在一家小卖铺，黄飞打听到了肖羽的家在何处。那男人虽然给他们指点，却带着古怪的眼神。

是的，一对陌生男女，明显地来自大城市，来拜访刚刚死了个女大学生的家庭，难免不引起村人们各种想象与猜测。

河北农村，往往是一个村庄与另一个村庄互不相连。在肖家营也是如此。根据目测，它距最近的村子至少5里地。

这里家家都有个小四合院。而且，家家都拴着狗！

3

下一步的工作，由燕子单独完成。

这个过程是黄飞后来听燕子叙说的。

燕子很快找到了肖羽的家。

院子,铁门紧闭。

燕子刚刚靠近,就听见里面响起令人心惊肉跳的犬吠!

"汪! ——汪! 汪!"声音无比凶狠,证明这狗个大凶猛。后来黄飞知道,它是一只足有一米三尺高的德国黑背。

燕子壮大胆子去叩门。

良久,一位胖大婶把门打开。

狗开始往外扑,幸好是用大铁链拴着,它不能得逞。

"你——找谁?"大婶很狐疑地问。

"大婶……我,我是肖羽的大学同学。"燕子的声音哽咽。黄飞最担心的就是这个! 冒充一个死者同学去见她的亲人,还要做长时间的深入的交流,不仅对一个女孩来说太难,就是黄飞也需要十足的勇气!

"羽儿……"大婶失声呻吟了一下。

她伸过粗糙的手,抓住燕子的双臂,把她迎进去。

"从北京来的……闺女……"大婶的双眼马上红了,开始用围裙一角去擦泪。

"大婶,肖羽的事我很难过。我是她一个班级的,关系好……我欠了她1000块钱,一直想还她……可是她……我就找到这里来了……"燕子不知如何才能把这故事编完。这几分钟,是燕子一生中最为痛苦而难熬的时刻!

燕子取出 1000 块钱。

这是他俩临出发前认真讨论的结果。他们一大早从北京城赶去这个叫肖家营的山村,找到刚刚死去女儿的老人,自我介绍是他或她女儿的同班同学……这,无疑是又一次揭开了他们一直努力弥合的伤疤。

或许,这小小的 1000 块钱可以减少他们的愧疚。但愿,它不会对痛苦的生者是一种亵渎。

大婶不接钱,只是擦泪水。

"闺女,钱……有什么用? 留着吧,羽儿也用不上了……"

"大婶,这怎么成!"燕子把钱硬塞进了大婶的兜里,不敢多等,"我想……去肖羽的房间看看……那儿是不是还有她的照片?"

"成哪……"大婶领着燕子上了二楼。

打开门,一股霉味扑面而来。

许久没有人进来过了,灰尘四处都是!

"羽儿,打小就住这个屋……她出事了,我一直当她还活着。这房子原来啥样,现在还啥样……闺女,俺家羽儿小时候就乖,学习好,又疼人……"

大婶坐到床上,凝视着墙上肖羽的一张艺术照:"闺女,你能来看羽儿一眼,俺心里老大感谢呀!"

大婶又擦泪。燕子过去轻轻握住她的手:"婶,别哭……保重身体要紧!"

"闺女,我不哭。早就哭伤了……刚听到出事的那阵子,我一醒过来就哭,晚上做梦还是哭……我的泪水都哭干了。俺们村里的闺女,哪个也比不上羽儿呀!这娃从小聪明,又爱学习,总是三好学生。她爱写作文,一大本子一大本子写,晚上写完作业就写作文。上了大学,还一大本子一大本子写……这床底下,攒下了整整一箱子作文呐!"

突然,一阵可怕的咆哮!

"谁?是谁?你他妈快滚下来!"

一个老年男子可怕的嚎叫!

"谁都别想进那个屋子!谁都别想进!"

"疯老头儿!疯老头儿!"大婶虽还有些镇静,但也慌张地把燕子往屋外引:"闺女,别怕!这是羽儿她爹……羽儿一出事,他就急出疯病来了,任谁也不让进羽儿这屋。他疯了!"

狗趁机高声狂吠起来,以示对老头儿的支援。

疯老头儿朝楼上扔了一块砖,一大片玻璃应声而碎。

燕子在极度惊恐之中,逃离了肖羽的家!

他们会合后,燕子的脸色仍无比苍白。

经过村子小卖部,那男人仍用古怪的眼神,瞧着他们一言不发匆匆而行,突然小声问:"是记者吧?一看就是!前阵子,来了几个记者要照相,被那老头儿用土枪打跑了!"

见他们对他不理,这百般无聊的生意人叹了口气:"唉……俺们这村子就出这么个女状元,咋就叫人给杀了呢?"

许久,他缓缓地自己问自己:"杀人,咋还用网呢?"

4

现在,黄飞的任务是等待。

等待,是寂寞的。

黄飞拦了辆车,好让燕子先回到县城。在那儿,他们已经订了一个房间。

"燕子,对不起! 我不该让你老是陪我受惊吓!"他们站在村口等车的时候,黄飞真挚地对燕子说。

"黄飞,刚才我是害怕极了……可这不怪你。要怪,怪命运。可是,命运又是谁能掌握得了的呢? 而且,黄飞,我知道我在这个时候对你来说,比任何人都重要!"燕子勇敢地对黄飞这么说。

"是的! 哦——车来了。你先在宾馆睡会儿,好好放松放松。晚上,还有活要干呢。"黄飞帮燕子拉开车门,把她让进去。

她在车子后座坐定,司机发动了引擎。

忽然,她猛地把车门拉开,跑下来,紧紧抱住黄飞!

"黄飞! 要不,我们不干了——我怕! 我怕失去你!"她哭了。这痛苦而惊恐的样子,跟刚才的勇敢完全判若两人。

在这个陌生而危险的地方动感情,是不明智的。

但黄飞还是鼻子发酸,泪水朦胧了黄飞的眼。

模糊的村落,刺骨的寒风。或许,他们真的从此不复相见。

那么燕子,黄飞只要活着只要醒着,黄飞都会时时为你祈祷:

如果黄飞在这 32 年的生命旅途中,也曾有意无意贡献给别人些许温暖,那么上天本应给予黄飞的回报,全部成倍地转交给这个叫燕子的女孩吧!

车远去。

第六章 日记

黄飞的心也仿佛发空。远山在向他召唤。

在野山坡上,是残存的古长城。

当年,这里一定是古战场。兵戈相碰,或许迸火;残砖断瓦,肯定染血。黄飞愿意与明白的敌手厮杀于荒野,哪怕最后一丝呼吸被西风刮断。黄飞痛苦于这样被暗藏的机关捕捉,可黄飞甚至都看不清捕捉工具的模样。

黄飞坐在古长城的一隅,静看夕阳西去。

残霞一抹,似血样对落日做最后的挽留。

风吹来,黄飞打了个寒战。黄飞从上衣口袋取出一个扁玻璃瓶,那是尚未开封的"小二"。

"小二",小瓶二锅头。它重二两,入口冰凉,却暴烈似火。

黄飞一小口一小口啜着。

黄飞注视过无数个黄昏,唯有今次最伤黄飞心。

肖家营的炊烟,陆陆续续升起。家家户户,都正在等待一顿热乎乎的晚餐。

在黄飞故乡的山村,黄飞的父母哥嫂不也正在炊烟中迎接夜晚的降临么?

黄飞可以凭着流淌同样血液的声响来感觉,黄飞的家人更希望停留在白天,那样就能在劳作中暂时忘却痛苦与悲伤。而寂静的夜里,他们将无可奈何地会陷入追忆与期待。

在这个山村,曾有过光荣——那是 10 多年前,这儿出了一个特种兵;

在这个山村,又有了耻辱——那是在前几天,这儿出了一个杀死女网友的在逃犯。

为了荣誉,家族的荣誉,一个老兵的荣誉,或者仅仅是一个男人的荣誉,黄飞今晚必须成功!

夕阳终于做了最后的告别。于是,群山黑铁一样伏在夜的怀里。

黄飞等待。

黄飞看看表,它告诉黄飞现在是夜里 6:30。

二层窗口直接跳下去,8 秒钟!

黑子一直在高声叫唤。

黄飞一动不动。仿佛入定。

在真正的行动前,必须保持体力。

而黄飞,已被逃亡的日子折磨得心力交瘁。

但一个人真正的力量不是来自他的躯体,而是来自他的精神。一个人要被战胜,唯一的可能就是那颗心被摧毁或占据。

黄飞有足够的信心,因为黄飞仍然有极为清晰的判断;黄飞肯定能完成任务,因为黄飞的心跳依然有力!

5

遥远的村庄,犬吠渐渐稀疏。

黄飞屏住呼吸。

黄飞坐在这儿,从下午到黄昏,又从黄昏到暗夜。

黄飞的眼已习惯了夜。

黄飞等待了整整 10 个多小时!

这山上或许有神鬼,有虎狼。但彻底的静寂才最令人恐惧,它使四周弥漫着死亡的气息。

黄飞下山了。

这时,没有再听见一声狗叫。

整个村庄开始入睡,至少它已部分入睡。

一棵棵白杨树,还残存些枯叶,在冷风中瑟瑟作抖。或许,那也是叶子们在窃窃私语。

黄飞走得极慢。　.

很快,肖羽的家到了。

听过燕子的描述,黄飞在心底画下了一幅平面图。这是一个有着两层楼的小四合院,肖羽的房间在第二层最右边。根据分析,肖羽的家人应该都

住楼下。

有利的方面是,肖羽的房间窗户是推拉式,没有钢筋窗条阻挡。

另外,楼上没有住人。

不利的情况却让黄飞头疼——院里拴着凶狠的狼狗。那是纯种德国黑背,黄飞从它的叫声初步判断可能是一只退役的警犬。

这种狗经过训练,陌生人根本无法近身。你就是扔再美味的食物讨取它的欢心,它也绝不买账,碰也不碰。北方人喜欢养凶犬,有时会不计代价。

当然,还有个不大不小的障碍。院墙足有三米多高,而且墙头插上密密的尖角碎玻璃!

对黄飞而言,凡是静止不动的,都不叫危险。一把枪再有威力,如果没有人来扣动扳机,它也只是死物。

所以,黄飞必须认真对付的是这条狗。

黄飞的表在黑夜里,指针闪着莹莹的绿光。

12:00。

黄飞朝院中扔了一块鹅卵石。

"汪!——汪!汪!"这黑狗根本就没有睡,差不多在石头还擦着风尚未落地之际,它呼地就爬起来,身子乱挣,那粗壮的铁链被拉扯得吱咯咣当作响!

楼下,一间屋子灯亮了。

苍老的男人与女人的声音差不多同时在骂:

"黑子,别闹了!"

但灯久久不熄。可以想象这家人并不完全相信久经沙场的黑子,会无缘无故如此咆哮。

黑狗并不服气,仍高声地叫唤,好久方停。

10分钟过去。

黄飞扔了第二块鹅卵石。

狗被激怒了,比上一次更加凶猛地乱扑。

这一回,是三个房间的灯差不多同时亮了。

仍是那苍老的男人与女人在骂狗。

黑子很委屈，更感到自尊心受到了伤害，不停地嚎叫，奋力要找到什么东西凶狠撕咬！

这一回，15分钟过去。

黄飞又扔了一块鹅卵石。

当然，可怜的黑子再次四处乱窜，不停嚎叫。

在黄飞扔第6块鹅卵石的同时，黄飞已经攀上了院墙。

这一回，黑子是真正地看见了黄飞。

它朝墙顶猛扑，可惜铁链的长度刚好够它的前爪碰到墙根。

黑子差不多是悲愤地狂叫，它是英雄无用武之地啊！

这一回，灯再没有亮，只有那个疯男人在咆哮着高声咒骂：

"这疯狗，明天宰了剥皮炖肉吃！"

仿佛有那胖大婶低声劝他，于是人的声音都停下。

黄飞在县城买了两双手套，都是帆布的。

黄飞早已把它们同时戴在了手上。它们的韧度可以使黄飞活生生握住对手狠命刺过来的尖刀，何况这些被裁在水泥缝中的静止的玻璃片？

黄飞手掌按在碎玻璃上，轻盈地纵身一跳，无声地落到了院中。

狗气坏了！这是明目张胆的作案！

它竭尽全力向黄飞扑来，却被无情的铁链拽了回去，它差点仰面四脚朝天摔倒。

从院墙奔到楼底，3秒钟。

从楼底攀到二层，5秒钟。

双膝夹住墙垛，悄悄地把玻璃窗插销拨开，1.5秒钟。

跳进肖羽的屋子，从床底抽出箱子，黄飞为了追求速度而弄出了声响。

黄飞脚落地时，发出了一声沉闷的"咚！"

楼下最先亮灯的房间，这一回又打开了灯。

黄飞两步就跨到院墙下，一甩手就将密码箱扔出高墙。与此同时，黄飞一纵身就欲翻墙而出。

第六章　日记

沉重的箱子砸在夜的泥地，发出的声响是如此的惊人！

黄飞已然听见了这户人家所有人都在披衣下床！

正这时，致命的事件发生了！

那狗，终于经过不懈的努力，突然挣断了铁链！可能这一结果使它自己也觉得突然，它还以为再怎么往前窜，早晚还得被铁链狠狠扯回去。因此，它不仅在行动上没有用尽全力，方向上也有了偏差。

否则，这一次黄飞不是死也是残！

或许，这是天意。

快似闪电，一团巨大的黑糊糊的东西向黄飞身上撞来！

受过训练的警犬，第一步是要咬住黄飞的咽喉。

可惜，它大约向左偏了5cm。

因此，黄飞刚向右飞快地稍稍侧过身子，它就从黄飞的左肩上射过去，两只有力的后腿甚至都砸在黄飞的肩膀上！

它扑了个空，一扭头，以迅雷不及掩耳之势又一次恶狠狠扑来。

这一回，该黄飞出击了。

这一回，也是黄飞最后的机会。

黄飞抬起右脚，照着这硕大凶狠的恶狗的面门就踢过去！

狗鼻与狗嘴，是它们的七寸。

黄飞清晰地记得，这一生即使是活到了100岁黄飞也仍会清晰地记得，黄飞这一脚竟准确无误地踢进了狗嘴里！

黄飞感觉脚面碰到了坚硬的阻力，疼痛使黄飞站立不稳。

在这个暗夜，唯一与黄飞有同感的，应当是这只叫黑子的德国黑背。

黄飞这一脚的力度之大，使它竟侧着身子砸落地上，发出痛苦的哀嚎！

黄飞顾不上多想，翻过墙拎起箱子拔步疾奔！

风在呼啸。

黄飞感到右脚有点用不上劲。可黄飞只有跑，跑，跑。

在耳后，传来破损而沉闷的火铳的声响。

这玩意儿可比手枪可怕！它发射的是足有成百上千粒铁砂。如果不幸被击中,那人就成了肉筛子。

听到火铳响过,黄飞反而略有些心安。因为这种发火器最大的不足就是,必须放一枪再花至少半分钟去装弹药。

半分钟,也就是30秒。

想一想,对一个亡命之徒特别是当过特种兵的亡命之徒来说,30秒他能跑出去多远?!

距离肖家营5里地左右,有另外一个村子。

黄飞朝那儿狂奔。

快接近时,便慢下来。

黄飞喘着粗气,拎着沉甸甸的密码箱。

这样子在午夜被人撞见,应该十足是一个小偷或是劫匪吧?

黄飞看到村头公路边有个屋子,还亮着光。

隐约听见有人在骂娘,原来是闲人们在通宵打麻将。

天助黄飞也!

在门边,停着一辆自行车!

这一回黄飞的运气之好,是32年来破了纪录的——

这辆车没有上锁!

黄飞二话不说,将密码箱往后架一夹,然后右手扶着龙头,左手按住箱子,拼命地向县城方向骑去。

很快,黄飞就明白这辆车为什么没有上锁了。

它的年龄,足有黄飞的三分之一大。

而且,前胎根本没有一点气,黄飞是踩着坚硬的钢圈前进的。

但这毕竟是利用了机械,比单纯的双脚步行快得多。

黄飞大脑几乎一片空白。

只有风在耳后呼呼作响。

这一切都是在瞬间发生。即使是战退恶犬,也不过才两三秒钟呢!

快到县城了。黄飞竟突然浑身止不住地抽搐发抖!

不是因为寒冷,因为黄飞燥热得内衣已被汗水浸透——而是恐惧!虽然

已经结束了,可恐惧如同晚来的客人,执意要拜访黄飞无比疲惫的身心。

恐惧,是任何人都无法回避的。

黄飞干脆丢弃了这辆破车,向有灯光的地方蹒跚走去。

在县城宾馆里,燕子正在干什么呢?

县城并不大,所以黄飞很不费力就来到了宾馆门前。

这个小城正在沉睡。

黄飞推开玻璃门进去,女服务员正趴在前台桌上熟睡。一个保安,在斜对着大门的一个小屋子看电视。他随时都可以监控进出大门的任何人。

这个县城太小了,以至于黄飞和燕子差不多是这一天——11月9号——唯一入住的客人。

所以,保安朝黄飞看了一眼,认出了黄飞,接着看电视。

黄飞敲了一下门,声音很大。

然后是10秒钟——黄飞在心里默默数了10下。

又敲了一下门,声音很大。

这是他俩约定的暗号。

门迅速开了,燕子正在等黄飞!

黄飞关上门,把箱子往床上一扔,长长地嘘出了一口气。

"我渴……"黄飞嗓子直冒烟,甚至都说不出话来。

"黄飞,我担心死了!"燕子给黄飞倒杯水,焦急而关切地看着黄飞的脸,轻声地说。

"没事了,没事了。"黄飞赶紧安慰她,"任务完成了!她可真能写,整整一箱子,把我害苦了!"

燕子,突然以一种令黄飞心慌不已的语调失声问——

"黄飞,这是怎么回事?!"

黄飞低头一看,在黄飞的右脚,皮鞋已经变了形,殷黑的血把鞋面都浸泡发了软。脚面已经肿起老高,仿佛仍有不断发展的趋向。

最可怕的是——

在脚背上,插着一根白森森的尖锐的东西!

——狗牙！

黄飞那一脚快速有力又准确地踢进了狗嘴，这根狗牙与此同时无声地穿透皮鞋钻进了黄飞的肉中！

那狗倒地的哀嚎，仿佛又响在耳畔。

一阵钻心的疼痛，使黄飞几欲昏厥。

为什么刚才，黄飞竟无事人一样？

黄飞可是脚上插着这一大截可怕的狗牙，整整跑了35里地啊！

黄飞咬着自己的牙，把这恶狗的牙狠狠地拔了出来。

一股血喷射了出来。燕子吓坏了，拿毛巾来包扎。

"去拿酒——来一瓶'小二'。哦，不，得来大瓶的……我也得喝点！"黄飞又一次全身出汗，皱着眉头吩咐燕子。

燕子跑出去，很快又跑回来。宾馆的小卖部24小时营业。

黄飞瘫在沙发上，感到一阵胜过一阵的钻心疼痛。

燕子在小心地帮黄飞清洗伤口。

黄飞已喝下一大口酒，感觉好些。

"那狗，真凶！"燕子忽然心事重重，"黄飞，那老头儿都疯了……那狗，不会也有狂犬病吧？"

那疯老头儿的可怕反应，看来给燕子留下了深深阴影。说这话时，她的声音都在颤抖。

"以这家伙的叫声那么洪亮，还有动作那么凶猛来看，疯的可能性应该不大……"黄飞其实是在自己安慰自己。

这时黄飞感到四肢发软，双腿酸疼。

黄飞又喝一口酒，望着地上那双倒霉的皮鞋，恨恨地道："这狗东西，最好别再碰上我……"

黄飞心疼地对燕子接着说："这双鞋，全是真皮的——你知道值多少钱吗?！"

第七章　罗　盘

1

又是一个阴天。

黄飞醒了。天已大亮,一片安静。

燕子在那儿翻阅着什么。应该是在研读肖羽的日记。黄飞去卫生间洗了把脸,牙顾不上刷便也来帮燕子。

燕子抬头朝黄飞笑了笑。

她的眼那么红,还有浓浓的黑眼圈!

"你一直没有睡?"黄飞心疼地问。

"嗯。"她又去翻阅日记。

"傻丫头,不要命啦!"黄飞有些责怪她,从她手中拿过日记本:"躺会儿吧,不然身体会垮掉的。"

"黄飞,我真的想能帮你再做些我能做的事!"燕子又从黄飞手中夺过日记本,深情地盯着黄飞的眼,"你这些天的经历,我一想起来就心疼⋯⋯脚,好些了吗?"

"好些了。"经过一夜,脚面的伤口已不似昨天疼痛得那么新鲜和生硬,而是隐约而深刻的——这是化脓的征兆。或者说,脓液已经在大量地酝酿和生长。

黄飞也去翻日记。

一个小本子,绿色的封皮因为年头久远,已经裂开了许多小口子。这大概是肖羽上初中时所写。翻开,稚嫩的笔迹在扉页上题着一首小诗:

> 我是一片羽毛
>
> 我的心有多高
>
> 它就能飞多高
>
> 它浑身洁白
>
> 这是我不变的外表
>
> 我希望停留在蓝天
>
> 阳光把我照耀
>
> 大朵大朵的白云
>
> 向我倾诉它们的秘密
>
> 而我
>
> 只报以轻轻的微笑

黄飞正准备接着翻下去。燕子一把将日记取走,批评黄飞说:

"黄飞,我一直以为你这个老特种兵有着绝对超人的智慧,可现在看来你比我还笨!"

"怎么啦?"黄飞丈二和尚摸不着头脑。

"要看肖羽的日记,你不能从最早的看起。而应该反过来,从最新的往最早的看。想一想:如果她写和幼儿园某个男孩接吻,和现在这桩案子会有多大关系?"

黄飞不禁从内心对燕子的分析感到佩服,但仍然嘴硬道:

"得了吧,就你这点小聪明,也就雕虫小技而已!我要不是被狗咬了,才

不会要你提醒呢!"

燕子做了个鬼脸,嘲弄地哼了一声。然后,她也放下手中的日记,认真地对黄飞说:"我已看过了三本,就像你昨晚说的,肖羽可真能写——足有30本!在这最近的三本里面,我初步发现有那么几个人很可疑,至少应该去接触接触。但其他两个人应该都在北京,只有一个人就在兴隆。"

燕子从箱中取出一本看起来还较新的大日记本,翻开,有一张纸被折了一个角。这应该是燕子做的记号。

黄飞接过,逐行逐字地开始阅读。同时,对燕子在黄飞熟睡时所进行的工作,感到十分满意和感激。

10月6日

阴,上午和下午都有小雨。

这种阴郁的天气,我的心情也仿佛变得不好。这是国庆的七天长假,和同学们出去爬过一次香山,然后一直躺在宿舍看书。

想起今晚那一幕,我心情仍久难平静。我说不出来是什么感觉。恨,也谈不上,还不至于,但爱,更不可能,因为我其实此前对此一直一无所知……

下午三点左右,有人打电话找我。我一接,却一时想不起这个男中音是谁。他的声音充满热情,仿佛我一听就应该欢呼,就应该激动。我问是哪位。他才有些失落似的,自我介绍:

罗盘。

说实话,那一瞬间,我的确有些激动。

罗盘,是我上高中的语文老师。他教了我们三年。他最大的特点就是充满激情——对任何人,对任何事,有时浑身甚至洋溢着十足的孩子气。他总留长发,但不是披肩的那种,而是略有些蓬松着;戴着瓶底厚的眼镜。那黑白分明的眼,透过玻璃向外射着激情之光。

"罗盘",两个字又勾起我对高中生活的回忆。那时就如人在战场。我们所有人,不分男孩女孩都在拼力做好最后冲刺。

还能清晰记得罗老师在讲古文时,特别是在讲古诗词时,差不多疯狂的手舞足蹈,摇头晃脑地大声朗诵。有时甚至是仰天长叹,有时又是低头细语,他完全进入了古人诗文所设置的情境。而一到了下课,他就顿时忧郁起来,沉默不语。悄悄地走在学生们之中,就如同一个心事重重的留级生。

他年纪并不太大,比我们也就大个七八岁。

他国庆节后,将到位于北京的鲁迅文学院进修半年。于是,他提前一天到京报到。现在,他安顿好了一切,给我打电话,希望见我一面。

此时,虽然又是阴雨绵绵起来,我仍心情愉快地开始打扮自己。我要给昔日老师留个好印象。

天快黑时,罗老师来了。

他没有怎么变。还是留着蓬松的长发,还是戴着瓶底厚的眼镜。甚至,他还如当年来上课时一样,腋下夹一本书。

我俩都很高兴。他第一句话就是:"肖羽,我请你吃饭!"

我坚决地说:"老师来了,哪有老师请学生的?我请,一日为师终生为父嘛!"

听到这话,他仿佛脸色有些变,但我并没有在意。

我在校园附近一个饭馆,要了一个小包间,这样师生可以很好地叙旧。

"学校现在怎么样?"

"挺好,老样子吧。"

我们一边等着上菜,我一边随口做着应答。酒菜上齐,我发觉罗老师有些心不在焉起来。

果然,他喝了一杯酒后,拿起那本书,有些结巴地说:

"这、这是我刚出版的诗集!"

我这才明白刚才是自己疏忽了。应该由我来提问,然后引出这个惊人的发现。

"哦!太棒了!"我明白此时夸张地尖叫未免太过,但适当地表现一下自己的惊喜还是应该的。

我便认真地去翻诗集。诗集起了一个挺一般的名字:《心在野山》。

我不懂诗。在高中时就听说过罗盘天天写诗,天天投稿。但除了在县文

105

化馆办的《兴隆文艺》上常常发表之外，仿佛俱无回音。

老师出了这么大的成果，做学生的当然也挺自豪。

我们喝了四瓶多啤酒，当然大半都是罗老师干下去的。

"这本诗集，是专门拿来送给你的。"

罗老师脸有些苍白，有的男人就是酒越喝脸越白。但是他的眼却无比通红。他给自己又倒了一杯酒，满满的一杯。端起来朝我的杯子一碰，然后用力一仰脖一饮而尽！

"你看看吧——先看扉页。"

我仔细去看扉页，上面用钢笔潇洒地题写着：

请肖羽留念。

罗盘

10 月 6 日

除了严格来讲，他应称我"肖羽同学"，和称自己"老师罗盘"外，这扉页的题词很平常不过。

他从我手中取过诗集，翻到某一页。这一页，看来他已极为熟悉。

"你读一读——"

习 惯

——赠 XY

听着窗外

夜幕的抖动

我忽然忆起

心中已经空空

如烟的人群

她的裙摆

地铁站的广播

头版中缝的那个消息

悠长地追寻

散落的回忆

坚硬的时光

稠密的失望

于是

我明白了树

一个姿势久了

会累

一个姿势更久了

改变它

会更累

我笑了——

忘不掉她

只不过

是一种习惯……

我承认，这首诗很好。虽然寥寥数语，却把一个人内心深处的某些情绪表达了出来。

"真好啊！特别是最后一段……"我举起杯，祝贺罗老师。

"嘿嘿……"罗老师竟然羞涩地笑了。他一仰脖又整整喝下一杯。

"XY，是什么意思，你知道吗？"他的眼红彤彤，突然变得挺吓人。他盯住我的脸，半天，这么问我。

"XY？不知道。是不是数学上的某种符号？"我的确不太明白，但是因为是老师在问我，便努力做出痛苦思考状。

"猜一猜！"

"真的猜不出来了。"我只好认输。

"远在天边，近在眼前……"罗老师的眼依然红红，但脸上的表情突然变得无比肃穆，而且在苍白之上涌上一片潮红：

"XY，就是你！肖羽——你名字这两个字汉语拼音的第一个字母，分别就是X和Y……"

我一惊，脸肯定全红了。因为我的脸皮发烫，仿佛是紧贴在火炉上烧烤。

我低下头，尽力掩饰自己的意外和窘状。

"肖羽……其实，这首诗是我蘸着深情写给你的！自从第一次跨入我们高一(三)班，我就从人堆里一眼认出了你！有人说，前生500次回眸才能换来一次今生的擦肩而过，而我们却要朝夕相处整3年！我当夜就彻底失眠了。要知道，我见过的女孩子许多许多，唯你触动了我的心！"

他又喝下一杯。他或许有些醉了，但我不敢劝他。因为他曾经是我最敬仰的老师，因为他在深情诉说着他本人对一个曾是自己学生的爱慕之情！而我，就是那个莫名其妙的X——Y！

"肖羽，这三年，我把痛苦埋在心底，跟无事人一样吃饭、睡觉、上课、批改作业。只有在无人的时候，我才默默地回味你的一举一动。你的笑使我愉悦，你的哀愁又让我伤心……我差不多全为你而活，但我不能让你哪怕知道一丝一毫！因为你必须考上大学，我不能使你分心……但另一方面，你一考上大学，就如飞上天际的羽毛，不知会飘向何方。甚至，我此生再也望不到它的踪影，这又让我无比痛苦！"

他开始沉默地转动着酒杯。

啤酒冰凉，菜已冷。

我心乱极。我不知该怎么说怎么做。唯一的办法是，就这么一动不动地，倾听一个我根本没有思想准备的男人，如此情真意切地诉说他是如何爱我！

"肖羽！你考上大学的那一天，我哭了。我知道你将到北京，我发誓有一天我也要去那儿！即使是丢掉这份工作，我也愿生活在你身边！于是，我更加拼命地写啊写，写的诗足有一麻袋！我要向全世界证明我的文学才能！可是，发表一首诗真是难上加难！我不信那些已经发表的诗都比我写的好。于是我拿出所有的积蓄，找了个朋友帮忙，出版了这本《心在野山》……某种程度上，它是为你而写为你而出版的！有了它，我终于有个机会到北京来进修，我终于可以和你在一起了！"

他又猛地干下一大杯。

然后，他说了一句我终生也忘不了的话：

"我——爱你！"

我现在也不记得，我们是如何出的饭馆的门。

他执意要送我，我不肯。我掉头就一路小跑，他在后面紧追不舍，嘴里还在语无伦次地嘟囔："肖羽……等等我……你等等我……我是真的……"

他终于追上我。

就在我们学校的大门口！

已经没有什么人。初秋的夜有些冷。

他拽住我，突然抱住我，吻了我！

我大脑一片空白。不知从哪来了一股力气，我抡起右臂，一记耳光清脆地响在罗盘的脸上！

整个世界都静下来，看着这一幕。

罗盘肯定比我更没有思想准备。他眼中在一秒之内，突然切换了至少十几种眼神——喜、怒、哀、恐、惊、悲……

我突然哭出声，猛地冲进校门。

罗盘一个人孤独地站在那……后来他怎么样了，我不知道。

……

这就是我写此日记之前所发生的事。

我的心极乱。我蒙着被子哭了整整好几个小时！

我不知道我做得对不对……现在，同学们都已经睡了，她们为我倒的水已经冰凉，我动也没有动。

我的右手指还隐隐作疼，看来太用力了……

不写了，这是近段时间最长的一篇日记。现在我开始十分强烈地想家……

想妈妈、想爸爸、想弟弟……

还有脾气那么暴躁却忠实的黑子……

2

黄飞和燕子准备去拜会罗盘。

今日是 11 月 10 日,周三。

作为一名高中的语文老师,今日他应该会在学校。

现在有几个问题必须进行深入分析,然后得出结论——他们是人,是普普通通的芸芸众生,不是先知甚至都不是智者。但面对繁杂的世界,他们也必须时时耗尽有限的心智,去梳理、归纳、判断和下决心。

首先,黄飞昨夜去肖家营的行动,是典型的入室盗窃。肖家会不会已经报案? 如警方已立案,那么他们多在兴隆待一分钟就多了一分钟的危险。

结论是不会。因为他们家丢失的虽是一只密码箱,但里面装着的只是"作文"。当然,自昨夜至今,肖家营肯定已经闹得沸沸扬扬。但对于这个窃贼,应该是嘲笑多于愤恨——因为他判断失误,以为密码箱里肯定少不了金银财宝,却不料尽是些一个女孩子写满"作文"的大小本本。当然,肖家的狗损失不小,丢了一只门牙,可这更够不上报警的条件。

其次,关于罗盘的情况,他们只能从肖羽于 10 月所写日记得知。那么他后来是否回到兴隆教书? 这就不得而知了。

结论是试试。尝试的方法也简单,打个电话去学校问问就可以了。但以什么身份呢? ——因为一旦他在,他们肯定就要短兵相接,真正见面的。那么,他会不会早已得知肖羽已死的消息? 黄飞和燕子最佳的身份应该是肖羽的朋友,路过兴隆受肖羽之托去看望曾受她伤害的昔日老师。可如果他早知肖羽已死,那又怎么办? 只能是先通电话,套出一些有价值的信息来了。

第三个问题,是燕子的。她对马上有可能去见罗盘,竟感到十分紧张。黄飞告诉她罗盘只不过是个诗人,而诗人是敏感而脆弱的,不会有事。

"可是顾城不也是诗人么？他就拿斧头劈死了英子！"燕子的理由充分，以至于黄飞一时无言以对。但没有燕子做伴，黄飞一个逃亡的男人独自去找罗盘，毕竟不便。黄飞便安慰她——

"怕什么？罗盘再狠毒，还能比狼狗黑子狠？"

于是，他俩都笑了。

燕子把电话打到中学。

接电话的人说等一等。大约三四分钟，一个男中音在话筒里热情地问：

"喂——哪位？"

"你是罗盘罗老师吗？"

"是我——哪位？"

"哦，罗老师您好！肖羽，你的学生肖羽您认识吗？"

沉默。

还是沉默。

黄飞和燕子都把心提到了嗓子眼。他们最怕的就是，罗盘会在话筒那边问上一句："她不是出事了吗？"

但没有。

罗盘在长久的沉默之后，似乎很疲惫地问："她……还好吧？"

没有等燕子回答，他又接着问："我认识她。您是哪位？找我有什么事？"

他们又长长地嘘出一口气。在罗盘的世界，肖羽还活着！

"哦，是这样的。罗老师，我们是肖羽的大学同班同学。这次路过咱们兴隆，受她委托想去看看您。"

"哦……"罗盘竟然在话筒里轻轻地叹了口气，"谢谢了……你们现在在哪儿呢？"

"我们在宾馆呢。"

"多少房间？我去看你们。我刚上完了课。"

他们挂断电话。黄飞仿佛仍能听见燕子的心在"怦怦"直跳。

就是黄飞，何尝不是如此！

幸运的是，他们不仅马上就可以见到肖羽日记中的第一号人物，而且他

第七章　罗盘

111

还不知道肖羽出事了!

燕子赶紧跑进洗手间洗脸化妆。女人就是这样,她们总想时刻把自己最美的一面展示给人——有时甚至不惜花大成本来造假。

当然,黄飞喜欢燕子的一大原因就是,她基本上保持着素面朝天。偶尔化淡妆,那也是对他人尊重的需要。

他们匆匆把房间退掉,然后坐在大厅沙发上等。

大约又过了五六分钟。

罗盘匆匆来了,腋下夹着书。他把摩托车熄灭,大步走进空旷的大厅。

他一进来,黄飞和燕子就同时认出了他。

黄飞开始佩服肖羽,她不仅真能写,而且写得真好。关于罗盘,肖羽在日记中的描写如此准确而形象,使得他们哪怕是在火车站擦肩相遇,黄飞也会开始怀疑这个三十多岁的男人是不是就叫罗盘!

此时已近中午。

罗盘与他们热情地握手,然后用男中音自我介绍:

"我叫罗盘。"

"我叫黄飞。"既然罗盘对肖羽的死都不知情,那他应该也不认识什么"黄飞",更不知道这个叫黄飞的男人把手伸给他握的同时,其实相当于送到他手上 5 万元人民币。

"我叫燕子。"燕子身子欠了欠,看得出她并不十分紧张。总体看来,罗盘确实像是位中学老师。

"我们找个地方吃点东西吧。"

罗盘真的把他们当成了必须好好接待的客人,也不发动摩托车,而是步行着引领他们进了一条小胡同。

那小胡同,不会隐藏着派出所或公安局什么的吧?

黄飞有些疑神疑鬼。但又一想,如果罗盘真的对他们产生了怀疑,他完全可以一个电话招来成百上千警察,将他们围死在宾馆。他又何必这样冒充孤胆英雄将他们骗到牢房?

这是一家很小的餐馆。大门上悬挂一块灰色的木匾,上面有几个黑色苍劲大字,肯定是当地一位名家所书:王婆馋嘴鱼。

他们进去。没什么人。一位女服务员土里土气,但和罗盘仿佛挺熟。也不说话,径把他们引至一雅间。

这时,一个五十多岁的女人挑起门帘,笑吟吟地朝罗盘打招呼:"大诗人来啦! 有日子没来了吧? 今儿个有贵客是吧? 来条几斤重的? ——三斤半的成吗? 今儿个最小的也是三斤多的了。"

这女人,一听就知是做生意的好手。应该就是"王婆"吧?

"北京来的稀客。"罗盘用手指了指黄飞和燕子。然后吩咐王婆:"鱼大小合适就成,我得先看一眼。先来几个凉菜:一盘拍黄瓜,一盘凉拌金针菇,一盘水煮花生米。我们先喝着,啤酒先来 10 瓶。"

"得了! 马上就来。"王婆麻利地退去。

一会儿凉菜及酒上来。鱼火锅的锅底也端上来,底料汤却是冰凉的。再过一会儿,鱼切好了也端了上来。奇妙之处是这条三斤多重的大草鱼,被切成了一段一段,可每段之间的脊梁部分的鱼皮仍然紧紧连在一起。

"这是叫客人放心,他们没有昧下鱼肉。"罗盘看出他们感到新奇,解释道。

老板娘真会做生意,可见一斑。

"这家店,已经开了 15 年了。"罗盘为他们倒酒,带着某种回忆的表情接着说:"那时,我还是小娃娃呢——这王婆,当时叫王姐,后来叫王姨,可耐看。如果鲁迅先生来吃过,一定要叫她卖鱼西施。"

他们都笑。

"来! 干一杯。一整杯! "

罗盘带头,黄飞呼应。燕子抿了一口。

"肖羽……她还好吧?"罗盘夹一口菜,仿佛是不经意间问了一句。这话,其实是他在电话里就想问个清楚明白的!

"好——挺好。"黄飞接过话,这么回答着。然后举起杯,以便绕过这个话题:"来,罗老师,认识你十分高兴,我俩干一杯! "

于是他们一饮而尽。

黄飞从不相信无缘无故滴酒不沾的男人。

对于能畅饮的罗盘,黄飞渐渐有了好感。

"来,我送二位一人一本诗集。"

黄飞接过,封面有四个字:《心在野山》。

"签个名吧!"燕子这回应该是真诚的。她翻开扉页,把书递到罗盘跟前:"这可是第一本由作者本人送给我的书呢! 特别难得! "

黄飞也把书的扉页打开,伸过去。

罗盘拍拍口袋,像是在找笔。却没有,脸便有些红,羞涩地微笑着,不知所措。

"老板娘,来支笔!"黄飞冲门外喊。

麻利的老板娘马上就进来,递上一支沾满油污的圆珠笔。

罗盘先给黄飞签名——

黄飞兄指正!

罗 盘

11 月 10 日

然后,他拿过燕子的。略一沉吟,写了一句话——

诗,让我们一路上都能听到歌声……

燕子留念

罗 盘

11 月 10 日

"大诗人,啥时也送我一本啊! 人家求了好多次,你老是忘! "王婆不满地批评因为刚刚思索过,所以一脸凝重的罗盘。

"哦,一定! 一定! "罗盘赶紧承诺。

王婆退出去。

114

他们竟一时无语。

黄飞和燕子,心怀自己的目的。而罗盘又何尝不是心绪难解?

"黄飞——我这么叫你可以吧?还有燕子。看来你们都比我小。我一个人独自喝一杯,你们不反对吧?"

罗盘忽然脸色黯淡下去,举起杯,眼盯着黄色的啤酒液体,把杯子来回晃。侧面看上去,神情严肃的罗盘如同一位资深化学老师,正在指导学生上实验课。

然后,他一口饮下!

"这一杯酒,我是敬一位朋友的。"他吃了一口菜,对着满脸迷惑的他们接着说,"我敬肖羽。——今天,她生日。"

黄飞心一沉!

今天,11月10日。肖羽在22年前的今日出生,黄飞刚刚还去拜访过她的出生地——当然是用了不光彩的途径。而这个男人,竟然深深地记得他的一位女学生的生日!显然,他一定是真的爱着肖羽……

黄飞看见燕子的眼红了……

"兄弟!小妹!我这一杯喝完,我们谁也不许提肖羽了!不为什么,我不想提而已。"

罗盘的眼也有些红。

兄弟!在心底黄飞真替这个男人难受!好吧,我们不提肖羽,因为那一记耳光虽然抽打在这个男人脸上,但伤痕已然深刻地印在他的灵魂深处。他以为黄飞什么都不知道,可黄飞他们什么都知道!

他是真爱着她的。但此时最好的办法是回避。黄飞明白一个男人的脆弱,有时甚至如同冬天刚刚凝结的薄冰,不堪一击!

黄飞翻着诗集。

火锅开始有些热气上升,但煤气灶的火苗被调得很矮。

"罗老师,这首诗——真好!"燕子忽然真诚地说。

看黄飞一脸不解,燕子指示:"翻到89页,就是这首《冷夜抒怀》,真的很有宋词的神韵啊!"

黄飞看到罗盘的眼一亮——你夸一个婴孩漂亮可爱，做母亲的眼神也正是如此。

"请你们先自己看吧。我喝杯酒，过一会儿我再跟二位讨教。"

罗盘又饮一口酒。不说话，看来今天的话题应该是诗歌了。

于是，黄飞便翻到89页，认真地读下去：

冷夜抒怀

茫然四顾处

旧人谁已归

酒深心里明

寒夜无雪飞

一路飞歌

你我俱醉

人生唯一字

"情"去便难追

独在江湖做钓客

偶有人问价位

我自笑而不答

运筹事谁能为？

而今旧人纷纷变老

故里不敢轻易归

欲与人畅谈彻夜

拍尽阑干谁人会？

"好诗！好诗！有辛弃疾的味道！"黄飞不禁高声惊叹。

"这，应该是叫什么词牌子呢？我是外行啊，问得不在行，罗老师别笑话。"燕子认真地请教。

"哪里！哪里！"罗盘看出黄飞是喝酒的好手，便一边谦虚一边与黄飞频频碰杯。

他俩又一饮而尽。他开始得意地道：

"我对古诗词很有研究，我大学时就是专攻古汉语的。前不久，我决心来一场诗歌的革命，就是把新诗和旧诗彻底揉碎了，然后加以重新组合，我简称之为'长短句'。不是古诗却有古意，不是新诗却又自由。这算是一种创新吧……"

"是啊，是啊！"黄飞附和着，忽然念头一闪："罗老师，业余时间我也喜欢胡诌几句，还是所谓的古体诗——当然，打油诗而已。要不，我也献一下丑？"

"好啊！好啊！"罗盘差点拍手欢迎。

燕子瞪了黄飞一眼。她的担心黄飞十分理解：

我黄飞除了在小时候尿过床，弄湿过床单，这一辈子从未和"诗人"二字相联系。

其实，就在刚才，黄飞忽然想起某次在张伍的办公室，认识了一位新朋友，名字还挺怪——郑北京。这老兄其貌不扬，却是位作家。不仅写小说，还写诗歌——听说古体诗居多。那次他走后，在张伍办公室墙上多了一首诗，当然是郑北京写的：

非典时期赠张伍

长夜唯我醒，
久思事必明。
风雨压城日，
寂寞炼三军；
劝君别说老，
夕阳托清晨。
龙在飞天前，
屡被鱼虫轻！

黄飞这边装模作样摇头晃脑吟罢,那边燕子已脸色发白,紧张地去偷看罗盘。

半晌,罗盘微仰着脸,闭目不语。

黄飞也开始沉不住气。心说坏了!千万别关公门前耍大刀,反而砍伤了自己,那不仅闹出笑话而且让罗盘瞧不起——那个叫郑北京的什么作家,千万别误我黄飞!

罗盘终于睁开眼,却问了一句使黄飞心惊肉跳的话:

"老兄,恕我冒昧——这首诗,真的是你写的?"

"当然啊!呵呵,我平常就是没事胡诌而已。"黄飞开始额上有汗。

"老兄,佩服!佩服!"罗盘竟站起来,欠着身子与黄飞紧紧握一握手:"这样的诗,我是写不出来的!"

罗盘对坐在一旁一头雾水的燕子讲评道:

"诗贵在气。你看,'长夜唯我醒,久思事必明',一下子将调子定得准准的,就像唱歌的人讲究先声夺人。同时,'久思事必明',充满哲理性,黄飞兄如果不是有着丰富阅历和深刻思考,是写不出这样的佳句的。'风雨压城日,寂寞炼三军',意指变坏事为好事。非典那阵子草木皆兵一片混乱,想必大家仍然记忆犹新。这句颇有气势。到了'劝君别说老,夕阳托清晨'句,却是降了至少一个八度,这样一来诗的气势在整体上有了上下起伏——有张有弛是诗歌创作的高妙之处。最后句:'龙在飞天前,屡被鱼虫轻',可谓狂妄至极!但细细揣摩,却又有着聚敛的张力。因为龙尚未飞天,诗人只不过是在做一番展望一番积蓄一番激情的抒发而已。同时也是对友人的鼓励与鞭策!"

一席话,说得黄飞和燕子双双目瞪口呆!

"不好意思——我是语文老师,这样长篇大论惯了。但是——诗是好诗,真是好诗!"

罗盘又示意黄飞喝酒。

黄飞一饮而尽。他妈的,这酒是敬那个只与自己有过一面之缘的郑北京的!

一直等到快两个小时过去,那温火熬着的鱼汤终于沸腾了。

他们开始吃鱼。

那鱼的鲜美，使黄飞终生难忘。

他们与罗盘依依惜别。罗盘酒已多，喋喋不休要黄飞多写诗，将来结成集子，一定先寄他一本。

"我不送你们了。学生马上期中考试。我这些天都在给他们补课！从11月1号就没歇着。"

黄飞默默地念着"11月1号"，那是肖羽被杀的日子。然后，挥手与罗盘作别。

他们打了一辆车，直奔北京方向。司机因为有了这样一个肥活，兴奋得差点快把油门踩破。

"喂，黄飞，罗盘这个人挺痴情的……"

燕子忽然这么说。

"是啊，诗人嘛……"黄飞轻声地接过她的话喃喃自语，"他应该不是我们要找的人。可我们要找的人又会是谁呢？"

"他还记着肖羽的生日……"燕子仍在自己的思绪之中。

黄飞酒有些上头。黄飞依稀记得，罗盘说自己因为是个诗人，在这个县城反而不被人理解，与众人有些格格不入。加上在这小地方，年过三十未成家就已是老大难。于是，去年底，他同学校一位烧饭的农村姑娘结了婚。

"她看不懂我的诗，但天天当宝贝似的供着……她爱我。"罗盘这样说。

农村姑娘爱他。可他爱她么？人生的痛苦往往就在于此，我们爱的目光所指，总是彼此交叉，却又遥不可及……

"喂！黄飞，在想什么呢？"燕子用手指捅了黄飞一下。

"没想什么啊？"黄飞对燕子说。

"黄飞，那做馋嘴鱼的王婆跟水浒传里的王婆一样，是个十足的阴谋家！"燕子忽然极其肯定地评论。

"她又怎么得罪你啦？这么贬低人。"黄飞知道燕子一般很少去评论他人，这回应该是有了十足的证据。

"那鱼，叫什么馋嘴鱼——她故意用温火去熬冰凉的冷汤，用了两个多

119

小时鱼才熟。你动动脑子,人要是饿了两个多小时,就是吃稻草也会味道鲜美啊!"

黄飞不禁为燕子的理论所折服。

"对了,那首关于'非典'的诗,你是什么时候写的啊?我怎么从来没有见到过啊?"燕子忽然好奇地问。

"是我抄的。"黄飞知道瞒不过她,只好老老实实地回答。

"你脸皮真厚!"燕子这回不是用手指捅黄飞,而是狠狠地在黄飞脸上揪了一下!

第八章　踪迹初现

1

河北之行,使得他们拥有了肖羽的世界——至少是大部分的。

这整整一密码箱日记,记载着肖羽从 12 岁到 2004 年的生命轨迹。

有痛苦有欢乐,有希望有失落,有努力有迷惘⋯⋯

随着对她日记的进一步研读,一个活的肖羽又重现他们眼前。

西方的宗教和东方的宗教,有个共同之处,就是宣扬我们众生一生下来就是有罪的。

现在黄飞开始相信这一点了。如果不是前生我们犯下了诸多的罪行,为何这一生必须要偿还的会如此之多?

在肖羽的日记里——目前他们所拥有的全部日记里,有一个人物他们必须找到!

——刘小阳。

这是一个普普通通的名字。可杀人犯的父母,不会从小就为子女取好足能震撼人心的符号,来预示他(她)将来会有惊人的恶行。

121

翻遍肖羽日记,对于刘小阳的记载只有118个字。

但就这118个字,就足已证明他与肖羽的关系是多么的不同寻常。

甚至,只要是个智力正常的人,就几乎可以据此断定:

刘小阳杀死了肖羽!

黄飞和燕子为即将能把杀死肖羽的真凶送上审判台,而感到兴奋甚至不安。

他们在兴隆见过了罗盘。黄飞和燕子都坚信这个男人不会杀人。不仅是他在11月1日开始,就在离北京几百里之外的小县城为学生补课,而且因为他们对一个人的基本判断。罗盘是一个善良的人。他不会杀人,更不会杀肖羽!

而且,在肖羽的日记里,罗盘是个受害者。

那日记的字里行间,肖羽对罗盘的愧疚也是可以感觉出来的。爱一个人是无罪的。被别人爱,可能感到麻烦甚至痛苦,但因此去伤害对方,毕竟会使双方都伤害更深!

但这个刘小阳不同。

他们没见过刘小阳。肖羽固然拥有一流的文笔,在日记里也只字未对其做任何描绘。

这,反倒给了他们充足的想象空间。

2002.6.21

晴。天有些闷热。

可能要下雨。

我想死。我已失去活下去的理由!我之所以还活着,是因为那个叫刘小阳的还活着。这个当初由我负责接待的家伙,仿佛上辈子与我有仇——他要逼我死!可我偏偏活着给他看!

刘小阳,我恨你!恨你!!恨你!!!

在日记本一张质地很好的页面上,不仅记载着关于刘小阳的上述文字,竟清晰可辨地还残存着几大滴泪痕。

两年多过去了。这泪依然似乎还带有热度！

它们大滴地落下,边缘溅出的细小的尖瓣,竟仍然根根可数！

关于刘小阳的记载,就这么多。

刘小阳是谁?

"这个当初由我负责接待的家伙……"

什么接待?

刘小阳是位领导?

肖羽是学生会活跃分子,负责接待来校访问或检查的领导是有可能的。

或者,刘小阳是位名人。

大学校园时常会邀请名流来给学生办讲座作报告。肖羽曾经是学生代表接待过他? 当然,刘小阳的名字很平常很陌生,不是什么大名人。但他或许是某个领域的专家或权威,因为专业生僻而不为外人所知,也是有可能的。

甚至,某位同学一时抽不开时间,委托肖羽去替他(她)接待来找自己的刘小阳,从此刘小阳与肖羽相识并"要逼死"肖羽? 这种可能也无法完全排除。

黄飞和燕子都在苦苦思索。

他们甚至都知道了杀人凶手的名字——可是他是谁,在哪?

黄飞在屋里来回踱着步。

黄飞焦躁不安。线索是好线索,却突然就中断,进行不下去了。

黄飞在纸上,列举着关于刘小阳的各种信息和推论。

刘小阳

①日记中用"他",一定是男性;

②6月21日,应该是大学生快毕业的时候→而此时肖羽已是大四!

③刘小阳要逼死肖羽→可见手段极不寻常;

④肖羽不想死,是因为刘小阳"还活着"→说明刘小阳此后的情况,肖羽依然掌握着;

123

⑤"当初由我负责接待",说明肖羽和刘小阳的认识时间不会太短→事情的发展是有过程的,不会是个偶然事件。

2

刘小阳,你是谁?

黄飞用笔尖狠狠地戳在纸上。纸上,尽是表明黄飞的思维混乱的墨点。

"负责接待……"燕子在喃喃自语。

"负责接待……负责接待……接待……接待……"燕子口中念念有词。黄飞担心这样高强度的思考,会让她突然疯掉。

突然,燕子一拍膝盖:"黄飞!我想到了——负责接待——很有可能是指每年老生去接待新生!"

"对呀!"黄飞眼前一亮!"燕子,你真厉害!最大的可能性,就是刘小阳刚到学校报到时,肖羽作为老生去帮他办手续报名什么的。然后,两个人就认识了!"

燕子接过黄飞的话,激动地道:"因此刘小阳肯定是比肖羽年纪小的男生,两人平常在一起的时候不会太多。更重要的是,肖羽因为对方比自己小,所以把他忽略掉了。于是,在这以前,日记中从没有出现过刘小阳。"

这分析是合理的。他们渐渐地接近了事情的真相。

"之后,发生了十分重大的事件,让肖羽甚至产生了寻死的念头。假设是刘小阳做了让肖羽无法接受的事情……"燕子完全沉浸在自己的思考之中,表情认真而严肃。

这时,黄飞的思路也开始清晰起来,灵感如同溪流开始向目的地奔泻而去——

"比如——我们大胆地设想——比如刘小阳在某一次偶然的机会,把肖羽强暴了……对,强暴了!"

黄飞为自己的结论感到激动。黄飞就如同一位内科大夫,仔细检查了患者身体之后,在其诊断书上盖下了一个"阳性"的红戳!

这结论,是如此的权威而准确!盖戳人甚至为此有些亢奋!

作为女孩子,燕子听到黄飞这么粗暴地下结论,脸不禁有些发红。但很快,她不得不为黄飞铁的论据、论点和论证所折服,也顺着黄飞的思路往前走了——

"作为一个女大学生——肖羽可能还是……"燕子迟疑了一下,好久没有接着说。

黄飞急不可耐地插话道:

"处女——"

"对……她失去了贞操。而刘小阳是用了极其卑鄙的手段。作为一个无助的女孩,肖羽曾先想到了自杀。可以想象……肖羽,当时多么地痛苦!"

善良的燕子为自己的残酷的发现所触动,竟开始悲伤欲泪。

剩下的推论该属于黄飞来完成了。

"但肖羽毕竟是二十一世纪的大学生,她已经不再相信'失身事小、失节事大'那一套封建思想,于是她决心报警。她要运用法律手段将刘小阳这狗杂种绳之以法!"

黄飞越说越气愤。此时这个叫刘小阳的家伙如果就站在眼前,黄飞发誓自己一定会用对付黑子的手段来整残他!

愤恨没有太多扰乱黄飞的思维。黄飞冷静了一下,接着往下说:

"但是,这毕竟是件令人痛苦的事!一旦报警,这桩丑闻必定会被公开,而肖羽还要做人!姑且假设,肖羽此时已有了男朋友,她爱他,而他也爱她。肖羽不敢在这样的身心俱损的痛苦的基础上,再承受失去爱情的痛苦!"黄飞为肖羽的遭遇深深叹了口气,接着往下说,"于是,她选择了沉默。但毫无疑问,肖羽不是一个弱女子。她要报仇,而且坚信是十年不晚!"

黄飞找到日记本,翻到那一页,指着一行字念给燕子听:

"你看——'他要逼我死!可我偏偏活着给他看!'你看看,这话多狠?!简直是一个受伤至深的人在发出血泪控诉!或者叫战斗宣言!为什么活下去?

125

凭什么支撑着活下去？就是为了不让无耻的刘小阳活下去——当然，是要让他活下去，但是要让他生不如死！"

这时，燕子咬牙切齿地道："报复他！让他时时生活在噩梦之中，时时为自己的罪行忏悔而不能！"

一时间，他俩突然都停下不说话了。

因为他们这是在推理。

而他们俩这样以己之心，度人之腹，未免太恶毒了点——甚至，还折射出了隐藏在他们人性深处的罪恶的一面？

但刘小阳干得，就不允许他们说得？

黄飞便又坚强起来，接着往下演绎：

"于是，肖羽只要有机会就想方设法让刘小阳回忆起那罪恶的一幕！刘小阳天天生活在罪与罚的牢笼，却无法为道德法庭对自己的判决提出上诉！他不能辩护，不能倾诉，只有为自己当初的一时冲动——燕子，到这个时候，我仍然是善良的，我不希望认定这个叫刘小阳的无耻之徒从一开始就是无耻之徒！他或许真是一时冲动——你想想，肖羽那么漂亮，而夏天女孩子又穿得那么少……"

黄飞意识到可能有些跑题，赶紧把脸上表情调整得更加严肃一些："刘小阳不堪重负。他或许已经接近崩溃，但应该还是挺过来了。至少，没有自杀——我还没有听到近几年，这所大学有学生意外死亡的消息。"

"可是……"燕子在努力思考。很明显，她在寻找这整个推理过程中最有可能的漏洞。

她找到了！她挥舞着右手向黄飞面前一砍，这是一种对最核心问题进行最后冲刺的表示："刚才那些，除了个别细节可能还要调一调，总体而言就是事实。是不容置疑的！那么，刘小阳杀死肖羽——他当然要杀死肖羽，为的是灭口——要杀，为什么要等到两年之后？而此时肖羽已经走上社会，工作了两年？"

黄飞笑了。

黄飞双臂抱在胸前。黄飞自信地看着燕子，足有一分钟一言不发。

因为黄飞有答案！

"没错！燕子，我认为你真正地找到了问题的关键！为什么要在两年之后才杀死肖羽？如果你是刘小阳，你的人生最关键的几步分别是什么？——上小学，开始成为一名受教育的在校生；参加高考，开始为自己的人生划上分水岭，这一辈子要么是精英要么是平民。当然当兵也算，可刘小阳上了大学。对于一个大学生而言，下一个关键是什么？"

黄飞故意不说出答案。因为这样让别人去思考并回答一个难题的过程，十足让人感到有挑战性！

"应该是……毕业参加工作？"燕子不能肯定。

"对呀！"这回轮到黄飞的右手挥舞着往下一砍了："刘小阳上大学时，是肖羽去'负责接待'的他。肖羽 2002 年大学毕业，而刘小阳很可能——几乎就可以肯定，是 2004 年或 2005 年毕业！他不能把这沉重的十字架扛到社会、扛到未来的人生中，于是他必须卸下它！"

黄飞耸耸肩，以不容置疑的语气为所有的推理做了一个完美的结束语——

"刘小阳，要杀死肖羽，用什么方法杀死肖羽，他至少已经想了两年。他可能同肖羽进行过谈判，甚至哀求肖羽放他一马。事实证明肖羽拒绝了。但这至少为肖羽争取到了多活儿个月的时间。刘小阳策划好了一切，在 11 月 1日，他去找肖羽做了最后一次长谈，而结果也是他所预料的。于是，他无声地杀死了肖羽。然后，他用肖羽的电脑同我聊天，结果你也知道——这个狗日的刘小阳，成功地使所有人相信，杀死肖羽的人，名叫黄飞！"

就这么回事。

绝对就这么回事！

黄飞沉浸在一场惊险的思维之旅中。

"万一……北方科技大学根本就没有什么刘小阳，那怎么办？"燕子沉默一会儿之后，突然冷不防这么问。

黄飞一时傻在那。半天，黄飞从口中挤出几个字：

"他妈的——那不可能！"

第九章　刘小阳

1

这已是 11 月 11 日的下午。

黄飞和燕子打车来到肖羽和刘小阳共同的母校——北方科技大学。

这是位于学院路的一座看上去挺有年头的院落,占地并不太大。

他们进去。在大门处,站有两位个高体壮的保安。这段日子,黄飞一见到警察、保安什么的就不自觉地浑身肌肉发紧,随时准备拔腿逃奔。

这两个保安看都不看他们,而是很认真地在那儿为一辆什么车做着登记。

燕子打听到计算机系的所在位置,于是他们向那幢灰楼走去。

幸亏燕子刚从大学毕业不久,对大学的生活很为熟悉。她说每年新生入校,每个院系都会在大操场挂上各自的横幅,以吸引各院系的新生来报名办手续。

既然如此,那么刘小阳必定也就是计算机系的!

他们敲开三楼一间办公室。一个长着西瓜形圆脑袋的中年人抬起眼,斜着脸打量他们。然后，不说话，继续去看当天的《北京青年报》。

黄飞对这个西瓜没有好感。问题是，屋里虽然有六七张办公桌，可除西瓜别无他人。

燕子走近一步，很客气地道："老师，打扰您一下，我想打听一个人。"

"谁?"西瓜抬起头，看到燕子漂亮的脸和真诚的眼，态度有了些好转。然后，他朝黄飞的脸上盯了好几秒，仿佛努力在大脑中搜寻着什么。

黄飞故意扭过脸，去看窗外的风景。

院中，几棵巨大的白杨树，叶子已经掉得差不多。灰白色的枝干冷冰冰地刺在阴暗的天空。一只瘦小的不知名的鸟儿，在树枝上飞快地蹦跳。

"我找一位叫刘小阳的同学。"黄飞听见燕子很清晰地答道。

足有5秒钟的沉默。

西瓜的声调之怪异，使黄飞吓一跳——

"刘小阳? 你再说一遍，找刘小阳?！"

"是。这位老师……"

"啪!"西瓜突然巴掌用力一拍桌子，震歪了茶杯盖。

"你们到底是什么人? 要找刘小阳? 你们到底是什么居心?！"

西瓜发起火来，脑袋开始变成充足了气的暗红色足球。

"他妈的!"西瓜突然骂了一句脏话——"请滚出去!"

燕子一时怔在那。双眼因为委屈而发红，开始有泪水涌出来。

"你怎么骂人?！"燕子带哭腔质问西瓜。

"骂人? 我还想打人! 无聊! 你们是干什么的? 不用猜，我也认识你们: 记者! 狗仔队! 无聊!"

西瓜径直走出办公室，在走廊高声喊:"保安! ——保安!"

赶紧走! 黄飞一把扯过燕子的胳膊，往屋外走去。

黄飞担心真有保安来，黄飞是个在逃杀人犯!

他们从楼道的另一边走下楼梯，来到了人群之中。

大学是最充满青春朝气的部落。可他们俩站在人群之中，一脸的愤怒和晦气。

129

这西瓜,有病!

"什么人! 什么素质! 还大学老师!"燕子气愤地连连恨恨地道。

"嗨! 燕子,这西瓜估计是遇到了什么特别不顺心的事,老师也是人嘛! 别计较了,我们还得想个什么招找到刘小阳呢!"黄飞安慰她。

人来人往。一张张充满希望的热情的脸从他们眼前或来或去,可哪一张会是刘小阳的? 或者,有哪一张曾经与刘小阳相识?

怎么办?

趁着燕子仍在心情不好地发呆,黄飞拦住了一位个儿挺矮,可看上去却有着与自己年龄极不相称的老气横秋的男生:"这位同学,打听一个人——有个叫刘小阳的同学,你认识吗?"

这家伙双眼奇怪地连连往天上翻了三四下,突兀的白眼珠十分吓人。他怪异地一笑:"刘小阳? 认识啊! 但不告诉你!"

说完,这小子就跑了。

这所大学,怎么老出有病的。黄飞恨恨地想。

一个戴着秀气的眼镜的女生走过来。黄飞想女孩应该会单纯诚实些,便拦住她:"这位同学,认识不认识一位叫刘小阳的同学?"

女生咬着下嘴唇,用力地想了想:"刘小阳——倒像听说过吧。不认识……对不起!"

她也走了。

刘小阳!

黄飞一定要找到你!

但黄飞没有目标,也想不出方法。

这时,燕子过来了。

"黄飞,别傻了。这所大学足有几千人,别说是找一个叫刘小阳的学生,就是打听一个叫刘小阳的教授,也不见得有几个人知道。"

那怎么办? 他们时间不多了。找到刘小阳,要么确定要么排除他是凶手,是目前他们必须尽快完成的任务。

"燕子,你在大学生活过 4 年,对大学的生活应该说十分熟悉。想想辙吧！求你了！"

黄飞虽然说得有些夸张，但也确实出于无奈。

"让我想想……"燕子一脸的凝重，喃喃地回答。

2

在大学的食堂前，有一块大型的公告牌。上面花花绿绿的，贴满了完整的、破损的各类告示。

紧急寻找刘小阳！

本人从外地来京出差，明日早晨必须乘车离京。但本人有一事未了，请求贵校师生予以大力协助，本人及本人七旬老父将不胜感激！

贵校学生刘小阳，其爷爷在本人老父年轻时，曾予以援助，有救命之恩。后老父与恩人失去联系。近日打听到刘小阳已考入贵校就读，但不知其详细班级与联络方式。

恰本人此次到京公干，老父嘱本人务必见到刘小阳，并倾己所能对刘小阳予以生活、学习上资助，以报其先辈对老父之恩。

现时间十分仓促，学校管理机构也已下班。本人只好发布此紧急寻人启事，恳请凡能提供关于刘小阳任何真实信息者，或刘小阳本人见到此信息后，务于今夜 12:00 以前到校招待所 303 房间一晤，或直接拨打移动电话：……

皇甫一飞

11 月 11 日

不用说，这启事正是黄飞同燕子的杰作。皇甫一飞，是黄飞灵机一动起的假名。

现在，黄飞同燕子在招待所等。

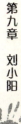

但如果你此时推开 303 房间的门,所能看见的只有燕子。

因为黄飞在 303 房间斜对门的 307 房间里。

黄飞不能傻乎乎地就待在 303 房间。这样,万一有人怀着别样的企图来找他们,黄飞可以从容地在旁观察、判断或干脆逃走。

在 307 房间的窗外,是一间一层楼高的锅炉房。即使是警方把整栋大楼封锁住,他们也一时估计不到黄飞会从那儿逃脱。

他们开始等。

等待是漫长的。更是寂寥的。

9 点过去。

10 点过去。

11 点过去。

没有人敲门。电话也没有响。奇怪的是,这长长几个小时,整个三楼连个人影也没有出现过。

黄飞开始有些绝望。

他们的启事上,写清了会晤的最后时间就截止到今夜 12:00。

12:00 一过,就意味着他们彻底失败!

黄飞焦躁不安。

时时把耳贴在门板,倾听整个三层楼道的动静。

没有人来!

手表准确地提示黄飞,已是夜里 11:45!

黄飞知道,燕子此时同黄飞一样着急。这一招是她想出来的,但至少目前可以初步判定,这一招是无效的了。

他们是在傍晚天快黑时把启事贴上去的。该看到的人应该都早已看到。

会不会是被别的广告覆盖了? 黄飞有些担心。

11:55!

11:56!

11:57!

11:58!

11:59！

12:00！

黄飞长长地叹了口气。走到门边,准备去303房间,同燕子一同宣告寻找刘小阳的计划初步失败。

"咚！——咚！咚！"

303房间的门板,被人轻轻地但绝对真实地敲了三下！

黄飞的心快蹦出嗓子眼——

上帝,这个人会不会就是刘小阳?

3

敲门人,就坐在半圆形的单人沙发上。

她瘦弱,文静,还带有深深的自卑。

她穿着手织的毛衣。那毛线一开始应该是绿色的,现在因为洗的次数太多,已经发白。而且,有些松松垮垮,变了形。一条牛仔裤,洗得挺干净,但裤袋和裤脚,已经磨烂。

她头发枯黄,黄飞初步判断她用的是5块钱一桶的"蜂花"牌洗发精。眉头紧锁,略有些紧张。

她背一只有着红色花纹的包,里面装着许多书。在茶几上,还有几本厚书。她的书包装不下。

燕子给她倒的水,她没有动。

她的嘴唇干燥,时时用舌头舔一下。

但她的眼神坚定,这是吃过苦的农家孩子才有的。而且清澈,如同野山时常可见的奔泉。

"皇甫先生吧? ——你们为什么要找刘小阳?"

这是她的第一句话。

燕子看了黄飞一眼。

133

黄飞知道这该由自己来回答。

黄飞坐在另一张沙发上，从侧面去观察这个女孩。

"寻人启事已经写得很明白了。但我愿意再详细介绍一下：我的父亲在年轻时，跟刘小阳的爷爷相识并成了朋友。那是十分艰难的岁月，我父亲有一次差点饿死，是刘小阳的爷爷好心分出了自己的吃食，救了我父亲一命。后来他们就各奔东西，失去联络。现在该说我了，我今年三十二岁，是一家公司的经理。这一次有机会从外地来京出差，我父亲要我无论如何见一见刘小阳——因为就在前不久，我们从一个故交那里打听到，刘小阳考上了这所大学，可我们既不知他是什么班级更不知他的电话号码。我到北京办完事，已经今天下午，而我的火车票已经买好，上车时间就是明天早上——或者说，就是今天早上——因为现在已是凌晨了。"

"你喝口水。"黄飞停顿了一下，示意来者。

她欠欠身，喝了一口，小心翼翼。

"我接着说吧。我们想找校方帮助寻找刘小阳，可这个时候大家都下班了。我们思来想去，就想了这么一个方法，用广而告之的形式去引起认识刘小阳，甚至就是刘小阳本人的注意，来和我们联系。因为时间已经不多了！"

黄飞也喝口水。然后问她："还有什么需要介绍的吗？"

"哦！我基本上已经明白了。"

女孩把脸埋下去。过了一会儿，做了重大决定似的，突然把脸一扬："我姓何。我可以不说出我的名字吗？"

看到黄飞点头以示同意后，她接着说："我认识刘小阳——何止是认识，我们俩是同一个村子的。我俩打小就认识，我们还是同学，一块儿考到这所大学。"

她接下来所说的话，使黄飞和燕子都差不多失声尖叫起来——

"刘小阳，已经死了。"

4

我和刘小阳，从小就生活在同一个山沟里。

那是我们的故乡。如果用一个字来概括它，那就是"穷"。

我们家穷，刘小阳家就更穷。他兄弟5个，他最小。

小时候的刘小阳不叫刘小阳，而是刘小羊。

这不可笑，我们那地方人没文化，起名字不讲究，刘小羊三哥就叫刘小狗。

刘小阳的哥哥们都只读到小学就回家了，有的种地，有的学手艺在外打工。他二哥至今还打光棍，都40多岁了。

刘小阳从小成绩就好。但性格特别内向，不大和人说话，就只知道学习呀学习。

我们穷孩子懂事早。饭都吃不饱，衣也穿不暖（刘小阳小时候，就是和他四哥共穿一条裤子，谁出门谁穿），所以我们打小就必须思考自己的人生。

我们只有一条出路，考上大学，离开山村成为城里人。

这些，你们不明白。我也不细说了。

后来，我俩都考上了县城中学。刘小阳更加勤奋，学习都跟疯了似的。暑假回家，白天帮父母干农活，晚上就打来井水把两腿泡里面做作业。

我们村有口百年古井，那水在大夏天也冰得人直发抖。刘小阳这样做，是刺激昏睡的大脑。

高中三年，刘小阳就像把自己封闭在一个孤独的世界。唯一能和他交流的，就是我。

我心疼他。我还隐隐约约地有种怪念头，那就是我可能喜欢上了他……

那时候小，农村也封闭。这种感情，我不敢跟他说，也不知道怎么跟他说。

学校的伙食分好几等。最差的是水煮萝卜片，可刘小阳连这样的菜也吃不到，因为每份要一毛五分钱。刘小阳一年到头只能吃从家带来的腌干菜。没有油。有些腌菜放的时间长了，都臭了……我心疼，就有时在食堂打一份

135

红烧肉,拨到他碗里,说是吃不了剩的。

其实,我每次打一份红烧肉,就要挨饿一天。因为我的伙食费,也是按一分钱一分钱计算的。

这种生活终于结束了。

我和刘小阳双双考上了大学!

这在我们村历史上,是从没有过的大事。

但刘小阳的学费,全是借的。不管怎么说,我们终于由山里娃成了大学生。命运就这样得到了改变。

我们到了北京。这个城市真是太大了,我们一时分不清东南西北。我们感觉大学也太大了,就像整整一个生产队。

在学校大操场,各个院系都安排了老生接待新生。

我是社会工作系,刘小阳是计算机系。于是我们就分开了。

这都是上天注定的。负责接待刘小阳的,是他的一位师姐。而刘小阳自一见到她,就魂不守舍,对她着了魔!

从这一点来看,我恨那个女孩。但是,她人都已经死了……我为什么去恨一个死了的人呢?

那女孩,后来我才知道她叫肖羽。我见过,的确十分漂亮,听说也非常有才气。在全校诗歌朗诵会上,她获得过一等奖。

刘小阳差不多每周给肖羽写一封情书。

可是,刘小阳来自那么落后的穷地方,连浪漫的方式都显得愚笨可笑。他每次写给肖羽的信,都写在从中小学生练习簿上撕下来的横线纸上。而且每张纸撕得都很糙,甚至钉书钉的印迹都还在。为了节省,如果信不长,他就只用半张纸。

肖羽一封信都没有回过。倒是把刘小阳的信,当做可笑的物品在她自己宿舍展示过。

有一段时间,刘小阳出奇地瘦。他更加沉默寡言。我心疼极了。有时去找他,想跟他好好说说心里话,可话到嘴边又咽下去了。

我们都是特别苦的人家的孩子。我们可以在一起说着许多许多彼此都能了解和理解的人和事。我们因为贫困，所以心是相通的。我们虽然其貌不扬，衣衫破旧，但我们诚恳朴素。

后来，刘小阳含着泪告诉了我关于他和肖羽的事。我抓过他的手，我的心也在哭泣。但我不敢告诉他，我……是那么地爱他！

我怕那样，反而会过早地失去他。至少，现在他把我当成朋友，当成亲人，当成妹妹。我可以听到他的心里话！

他说这一辈子非肖羽不娶。他说他一定要用真诚去打动肖羽冰冷的心。他甚至说，他情愿死在肖羽面前，只要求对方对他说一句——她爱他。

我不知道怎么做才能帮他。他更瘦了。他在班上没有朋友。男生都喜欢玩，有时也会聚个餐什么的。只要同学请客喊刘小阳去，他就去。可一年多了，他没有请过一回客，大家渐渐就都不叫他了。那年天最冷的时候，有个从省会城市来的同学，要刘小阳替他洗整整二盆衣服，报酬是 5 块钱。刘小阳二话不说端起脸盆就去洗。大家都不把他当朋友。他孤独，所以就更依恋肖羽。为了给肖羽写信，他共用完了二十几本练习簿！他不知道，这些恰恰都成了全计算机系的笑柄。

又过了一段时间，我感觉刘小阳可能是得了某种慢性病。瘦得不成人形，腮上没有了一点肉，一笑那牙床就可怕地鼓出来。我要他去看医生，我甚至拿出了我一个月的生活费，那是好几百块钱！我说钱我出，刘小阳你必须去治病！

5

小何坐在那儿，平静地叙说。

黄飞和燕子静静地听。

窗外，有风呼啸而过。反而映衬得屋子十分安静。

小何的声音略有些沙哑。她是在讲一个她至爱着的人的故事。

结局如何，我们并不急于知道。

第九章 刘小阳

137

长夜漫漫。

如果把结局过早地揭示出来,那黄飞和燕子又将去往何方?

小何的脸上,疲倦而又有些微红。她的内心,一定因为往事重现,而波涛汹涌。

6

但刘小阳没有病。

他跟我说了实情。足有三个多月,他每天只吃一个馒头!就着白开水啃!

我急了,我骂刘小阳你疯了!你没有钱我可以给你,借给你也行。你为什么要这样把自己折磨死!

刘小阳的眼里开始溢出奇怪的光,那光是那么灼灼逼人,吓得死人。我甚至联想到一个名词:回光返照。

他抓住我的胳膊,用急迫的声音对我说:"你能不能帮我?把刚才那几百块钱现在就给我?"

那钱是我的生活费。但为了刘小阳,我二话没说就递给了他。

"我有个计划!一定会成功!一定会让所有人都大吃一惊!"

刘小阳拿到钱,眼神更加可怕地亮起来。他很少这样激动,一定是有什么伟大的计划使他变得如此亢奋。

我当时应该问他是什么计划。可我没有问。

我当时在猜测,刘小阳应该是在计划考研。考研需要报许多班,都是需要钱的。

如果刘小阳把精力都投到学习上,那不失为一件好事。我当时真的就是这么想的。

可是,一天只吃一个馒头,铁打的人也撑不住啊!更何况,刘小阳从小就贫血,营养不良。

我就经常省下几顿饭不吃,从食堂打上鸡块什么的,给刘小阳宿舍端过去。他真是饿坏了，也顾不上礼貌，端过就狼吞虎咽。有一回，他竟然把鸡骨头全部嚼烂吃了——这是何苦！但苦孩子出身，现在大学又扩招，不考研连工作都找不到。不拼命怎么行？

我愿意尽已所能来帮助刘小阳改善生活。

于是，我列好了计划。每天早餐不吃，午餐只吃个半饱，每隔两天就停吃一顿晚餐。省下来的饭费，都买上好吃的给刘小阳送去。

我在教室晕倒过两次。当时都是正在听课，突然眼前一黑，整个屋子都在来回旋转。然后，就人事不知了……

为了刘小阳，我愿意这么做出牺牲。

据说，为了攒钱，刘小阳经常给同学洗衣服，内裤都洗。劳务费不过三块两块。都是学生，谁也不会太有钱。

好几次，我都想劝刘小阳别这么干，因为人格比钱重要。但我怕伤他，忍住没说。

他还捡过破烂。有段时间偷偷地去捡矿泉水瓶和易拉罐，然后藏在床底下。等积累到一定数量，就拿到废品收购站去卖。

但事实的发展，永远那么出人意料！

谁也不会知道，这个刘小阳，竟然干出了一件这么轰动一时的大事！

7

2002 年的 6 月 21 日。

对！我这一辈子都不会忘记这一天。

我记得那一天是个周末，大学一般已经没什么课。

午饭过后，大家都习惯性地想午睡一会儿。那天非常闷热，大四的学生有的都已经找好单位去上班了。

肖羽的宿舍在 5 楼。

有人在楼下喊她的名字。十分迫切，引来不少人注意。

139

凡是那天看到那一幕的人，终生都不会忘记——

干瘦憔悴的刘小阳，双手扶着一个手推车，站在肖羽的楼下，深情地呼唤肖羽的名字。

而那手推车上，盛放着9999朵鲜艳无比的红玫瑰！

刘小阳，一天只吃一个馒头，就是要为心上人买上9999朵象征火热爱情的玫瑰花！

整个女生宿舍都沸腾了！

所有女生都探头观望，还有人打口哨，尖叫。

刘小阳已经不正常了。他拼命地呼喊肖羽的名字。

肖羽躲在窗帘后面，应该也清楚无比地看到了那足有一个圆桌大小的燃烧着的花束。

不到半小时，刘小阳身边就聚集了四五百人。人们起哄，嘲笑，惊讶。刘小阳无动于衷。

刘小阳一声一声呼唤"肖羽——肖羽"。嗓子都哑了。有好心人递上一瓶矿泉水，刘小阳接过就喝，然后继续喊。

又过了大约一个多小时，我才知道刘小阳出事了。可我当时在西单图书大厦看书，只好一边哭着一边打车往学校赶——这是我一生中第一次坐出租车。

有好事者给新闻媒体打了热线电话。

报社的记者来了，电视台的记者也来了。

这时，围观者足有上千人了！

"肖羽！肖羽！"刘小阳在楼下声嘶力竭喊。

"肖羽！！肖羽！！"一群男生跟在后面集体帮腔起哄。

肖羽同宿舍的一个女生，估计是受肖羽委托，红着脸跑下来。

她跟刘小阳低声嘀咕着什么。

然后，是刘小阳疯了般地高喊：

"我不信！我不信！"

刘小阳如同受伤的狼，抬起瘦脸朝肖羽宿舍窗户悲愤地哀嚎：

"肖羽！你下来！肖羽——我爱你！"

人群爆出巨大的热烈的掌声。

"好！再来一个！"一男生扯着嗓子叫了一声。于是众人哄笑。

刘小阳的泪水，大滴大滴地滚出。

玫瑰花，血样的红。

有人还真凑过去仔细地数，然后向众人证实：

"没错，是整整 9999 朵呢！"

"啧啧！一枝 1 块 5，超过 1 万块钱呐！"

"没有那么贵，批发价也就 5 毛钱一枝……"

"这小子，不像有钱人家的孩子，出手够狠啊！"

人们的评论，刘小阳充耳不闻。

我赶到的时候，已是下午 4:00。

我哭着挤进人群。刘小阳依然在夏日的阳光下，站在大片鲜艳的玫瑰旁边，无神地流泪。他嘴里断断续续轻语：

"肖羽，你下来……肖羽，你下来嘛……"

我的心，疼得快窒息而死！

我一把拉过刘小阳："小阳，我们走！"

我大脑一片空白。一直到今天，我也不知是怎么把失魂落魄的刘小阳扶到了他的宿舍。

当天晚上，电视台播出了新闻。电视上刘小阳孤独地站在人群中央，低头哭泣。摄像记者估计是到楼顶上向下俯拍的，大红的玫瑰花旁边，身穿灰汗衫的刘小阳，瘦小而无助。整个构图有着残酷的反差。

第二天的报纸，差不多都图文并茂地报道了此事。

那整整一手推车红玫瑰，据说叫那栋楼上的女生给分了。2002 年的夏天，每个女生宿舍至少都曾插上过刘小阳买的玫瑰花。

可怕的事在后面。

互联网以可怕的速度传播了这条消息。

在一周之内，有 20 多万网友发表了评论。最致命的是，刘小阳的贫寒家境成了人们的讥讽和抨击重点。他用疯狂之举为自己赢得了一个可耻的绰号:花痴。

整整一星期,刘小阳就躺在床上,死人一样一动不动。系里和学校都派老师来看望过他,但他什么话也不说。只有我来,他才肯稍微吃一点东西。

我怕他自杀。

可他没有。

但他的存在,比自杀更令人心寒!

8

刘小阳又开始去上课了。

刘小阳又开始去食堂吃饭了。

但熟悉他的人,都知道这孩子已经不是刘小阳了。

在上课时,他会突然如同被神灵召唤一般,直直地站起来,然后就拉门往外走。

他会站在某处,一动不动数小时。

最令人无法接受的是,不论在何处见到女生,只要是留着肖羽那样长发的,他就失神地跟着她走,一直跟下去。有时令女生害怕得大声求救。

医生说,这种病不好治。心病最可怕,药效是解决不了问题的。

校方只好让刘小阳家人把他接回去。过不了几个月,他又回来。仿佛正常了一些,可不久又开始旧病复发。

这件事,无疑使学校的形象受损。所以关于刘小阳,老师们形成默契:一律不谈。

刘小阳又回到老家住了一段时间。春节时,村里新嫁来一位姑娘。要命的是,她长得酷似肖羽!

刘小阳一吃完晚饭,就到那户人家去坐。一言不发,只盯着人家新媳妇看。一个月后,那人家忍无可忍,夫妻二人扔下正红火的养猪场,跑到南方打工去了。

又过了一个月。村里人一早到那百年古井打水。却发现水桶沉不下去。

拿竹竿一捅,里面泡着一个人。

那就是刘小阳。

9

一口气说了这么多,小何有些累。

他们三人,长久无语。

这是一个贫困大学生的故事。

刘小阳在生活中,情感上,都出了问题。

他的死,责任在肖羽吗?

黄飞不知道。

但有一点,肖羽的死,与刘小阳无关!

与刘小阳无关?!

那么,这就意味着,黄飞和燕子辛辛苦苦所寻来的答案,竟是他们找错了方向!

但不论如何,黄飞都对刘小阳情况的提供者表示感激。

黄飞侧过身,语速很慢地对这个女孩说:

"谢谢你,何楠——"

"啊?!"何楠一惊,"你怎么知道我的名字? 我说过,我不愿透露我的名字的呀?! "

"是的,没错。但我偏偏很容易地就知道了你的名字。"

连燕子也有些狐疑。

"因为放在茶几的书上,写着它主人的芳名。"

何楠不好意思地勉强笑了笑。

"何楠,感谢你跟我们讲述了关于刘小阳的一切。我为刘小阳感到难

143

过——我也是农民的儿子,我从小吃的苦或许比你们更多,所以我们的心是接近的。"

顿了顿,黄飞调整好心绪,继续说:"在人的一生中,会经历各种意料不到的磨难,但我们只有自己救自己!你是个朴实的好女孩,你善良,真诚,这些品质会给你带来好运。"

"谢谢……"何楠眼有些红。

"天都快亮了。"黄飞看看表,已是凌晨4:10。

黄飞从包里取出一支钢笔。

"何楠,这是一支钢笔。派克牌的,你听说过吗?"

何楠眼睛亮了一下,她微笑着说:"派克,世界名牌嘛,和耐克一样齐名。我当然知道。不过,我连摸都没摸过,只是在商场柜台隔着玻璃过一过眼瘾而已。"

"这,就是一支派克笔。是我参加一次重要会议所发的礼品,肯定是真的,笔尖24K纯金。本来是想送给刘小阳做个见面礼,可是……"

黄飞把这支粗壮黑亮的笔轻轻放到何楠手中:"现在,我请你收下它。你不能推辞,因为我是真诚的。而且,你对刘小阳的真挚帮助,证明你应该得到这份本该送给刘小阳的纪念品!"

黄飞说得极其诚恳。

何楠迟疑了一下,然后快乐地接受了它。

现在,天快要亮了。

黄飞和燕子向学校大门走去。

整个校园,正在沉睡。

门口两个保安,无精打采地站在寒风中,仿佛正在回味某个梦。

刘小阳,被他们找到了。

刘小阳,在他们找到他以前,已经死了。

他死在肖羽之前,这证明刘小阳不是他们要找的人。

那么,是谁杀死了肖羽呢?

夜那么黑,黄飞和燕子都分辨不清方向。

第十章　绝地反击

1

11 月 12 日。周五。

右脚伤处隐隐作痛,把黄飞弄醒。

燕子正在忙着煮方便面。这已是中午。

昨夜,关于刘小阳的消息,使他俩备受打击。

刘小阳不是凶手,那么谁是呢?

而后天,就是黄飞必须去自首的最后期限!

脚上的伤口,已经化脓。它让黄飞每走一步都充满痛苦。但肉体的痛苦,反过来又使黄飞得以保持头脑清醒。

肖羽的日记,散乱地堆在桌上。

是的,在肖羽的日记里,还记载着第三个人。

但这个人,比刘小阳更为模糊不清!

在最后一本日记的最后一页,因为没有了空间,肖羽对这个人的描述可以说是戛然而止。

145

2003 年 11 月 8 日

阴,有小雨。

晚上无聊,和几个同事到滚水迪厅玩。

这样就认识了他。

他打着一条得体的领带。他比我高出大约半个脑袋。

本来还可以多写,可惜纸不够。等明天买个新日记本再补记吧。

关于这个人,就这么小小的一段文字——

确切地说,才 92 个字。

或者更确切地说,肖羽在日记中关于这个人的记载只是短短一句话:

他打着一条得体的领带。他比我高出大约半个脑袋。

在他们已知的日记中,罗盘、刘小阳还有这个"他",是他们最应该找到的三个人。

罗盘是个好人,而且没有作案时间。

刘小阳已死,他死在肖羽的前面。

剩下这个"他",却是如此来历不清去向不明!

但他们必须找到他,因为他出现在 2003 年 11 月 8 日,是他们已知的肖羽日记中最后一个男人。

"燕子,你还记得肖羽日记里的第三个人吗?"

"记得,肖羽说他打了条不错的领带什么的。"

"对呀。这个人会是什么人?我们可不可以就这一点点文字描述,对他的情况进行分析推理?"

"黄飞,你脑瓜子好使,这是我一直都承认的。但关于刘小阳的分析推理,你可是输得很惨啊!"

燕子不无嘲弄地说。

"是！我承认发生在刘小阳身上的事，我的推理与事实恰恰相反——可是燕子，如果分析的结果与事实恰恰相反的话，证明这个思路反而就一定是对的了。现在，我还愿意再赌一把——赌自己的智力，也赌自己的运气。我还要用推理来寻找真相，但我可以把理由讲给你听，你来挑毛病。如果我的推理站不住脚，那么我愿意认输，我们另想他法！"

看来也只能这样了。

燕子点点头，说："那你就试一试吧。"

黄飞清晰而缓慢地把这则日记又重读了一遍。

2003 年 11 月 8 日

阴，有小雨。

晚上无聊，和几个同事到滚水迪厅玩。

这样就认识了他。

他打着一条得体的领带。他比我高出大约半个脑袋……

"你看，就几十字而已。当然，以肖羽的习惯，剩下的内容她一定会写得很详细而具体，如果她觉得有必要。可惜——"

黄飞痛苦地道："这一年的日记本肯定在警官华天雄那儿。他们才不会这么认真地研究死者日记呢！他们现在铁定了杀人者就是我黄飞！"

黄飞叹了口气。

燕子也不说话。

他们陷入深深的思索之中。

炉肚的煤球在燃烧中，发出轻脆的"啪——啪"声响。

这轻响，仿佛是黄飞大脑的细胞在分裂。

"他打着一条得体的领带。他比我高出大约半个脑袋……燕子，我们先来集中分析这一句话。有了！"

黄飞飞快地拿起笔，在一张纸上迅速涂抹着。

147

然后,递给燕子。

燕子开始按黄飞写的内容念:

他

男性

18 岁— 38 岁之间

身高 178cm 左右

穿皮鞋

袜子不是白颜色的

不是长发

有正式工作,收入中等以上

"喂,黄飞,你也太武断了吧! 我可要逐一质疑了。"

燕子放下纸,开始一条一条提出自己的看法:"'他',当然是男性。这个我不反对。肖羽至少不会写这么低级的错别字。"

燕子用眼扫一下纸张,接着说:"他怎么就在 18 岁到 38 岁之间? 我就见过初中生打领带的。还有,国家领导人都七八十岁了,哪一天不是西装革履一本正经?"

黄飞笑了。

"燕子,听我来分析给你听。千万要记住,肖羽和这个男人是在迪厅认识的。出入迪厅的青少年固然也有,但滚水迪厅我曾去过,里面连小姐都有,而且是谢绝未成年人进去的。蹦迪是种狂野的运动,人一到四五十岁就蹦不动了。当然,我所说的 18 岁到 38 岁之间,是一个大概。"

黄飞接着补充了一句:"一定要记住,我的分析是正常情况下的一种可能。60 岁的老头儿跑迪厅去消遣就绝对不可能吗? 当然会有可能,但由于情况极其特殊,所以不予讨论。否则,就无异于较劲了。"

"身高 178cm? 就跟你拿尺子量过似的! 凭什么就非得是 178? 168、158

就不行啊？我偏就相信这男人甚至是个侏儒！"

燕子对这一条最为质疑，所以反对的火力也最猛烈。

"回忆一下，肖羽个儿多高？"黄飞轻轻松松地反问燕子。

"肖羽？我又没见过，怎么知道？"燕子脸上一脸茫然。

黄飞便继续道："在简历上，肖羽的身高清楚明白地写着是165cm。经过我的研究，成年人脑袋的高度，一般都在25cm左右——不信现在就可以拿尺子量。这男人比肖羽高出半个脑袋，那他应该有多高？"

燕子一下子泄气了，不情愿地承认："那，就算是178cm左右吧。"

但是燕子还有些不服气，把目光移向了下一条："穿皮鞋？理由是什么？"

"这太好解释了。打领带的男人最平常的着装是西装，也有穿夹克打领带的。但是，绝不可能脚穿拖鞋、布鞋、运动鞋而打领带的！如果有，他就应该是对基本的社交礼仪都不懂，那就是特例。"

"嗯。"

这一回，燕子终于认同了黄飞的推论。

于是，黄飞主动解释下一个推论："正如刚才所说的，打领带是有讲究的。除了在运动休闲的时候，男人是不可以既打领带又穿白袜子的。这要求当然比较高，但肖羽日记中的这位男士应该了解并遵守了这一点：别忘了，他打着一条得体的领带。说明他的装束是符合规矩的。另外还别忘了，肖羽是个眼光较挑剔的人，她是在以严谨认真著称的德国人开的公司里打工。"

燕子没有吭声，看来这一条也算通过。

黄飞便接着说："正常情况下——我说的是正常情况下，穿西装打领带的男人，是不会留太长头发的。指挥家、钢琴家头发会很长，但他们习惯打领结。"

燕子开口了："最后一条，看来也就好理解了。穿着上这么讲究的人，应该不是失业好久的；能打得体领带的人，收入应该也不会太低。"

然后，燕子不屑地对黄飞说："黄飞，说穿了，这些东西幼儿园小朋友都能推论出来啊！特种兵，就这么点能耐？"

149

黄飞又笑了。

"燕子,事实往往就是这样。看似简单的答案,其实来自天才的论证。你不服,我就问你下一个问题:这个打领带的男人,是干什么的?他在哪儿上班?"

这一问,使得燕子脸涨红着,说不出话来。

是的,符合了上述条件的男人,在中国,何止亿万!

如果他们就此得出结论,他是一个——

18岁到38岁之间的男性,身高178cm左右。他的头发不长、穿着皮鞋和白颜色之外的某种袜子。他有正式工作,然后收入尚可。就是这么一个人,杀死了一个女网友。

假设,他们现在通缉这个人。

结果是,这个城市有近十分之一的人将被投进监狱。

但这,并不说明这些推论无用。它们有用。因为它们能引出下面最关键的结论:

这个男人是干什么的?

他,到底在哪儿上班?

如果连这两个问题都能找到答案,那他们就可以找到这个男人。

他是不是凶手,已经不重要。在肖羽的日记里,关于男人的记载当然不少,但那些人的面目都无比清晰,稍一分析就可以判定他们与肖羽之死无关。

刘小阳,一开始嫌疑最大,但终于被排除。

这个神秘的打领带的男人,肖羽在日记中对他的描述丝毫不带感情色彩。但后来,什么都没有发生吗?

这问题,肖羽已不能回答。能回答的,或许还有肖羽那一本或几本被警方拿走的日记。

另一个,就是这个男人本人。

找到他,就可以找到答案。

"燕子,能回答我吗?"黄飞不禁催问。

"实在想不出来。你说说看吧,但我敢肯定,你那也是瞎蒙。"

"我说出来,理由充分得绝对让你哑口无言!"

黄飞开始在屋里踱着步。黄飞的话将石破天惊——

"很简单。这个男人是娱乐场所的工作人员。而且,他就在滚水迪厅上班!"

"看——瞎蒙了是不?"燕子一脸的不相信。

"那好,我分析给你听。迪厅你去过没有?去过,好。迪厅一般是在晚上10点以后,节目才算正式开始。肖羽和这个男人认识的时间,甚至可能都是在下半夜了。想想看,在这么晚还穿西装(姑且认为是西装)打领带的,应该就是在这么晚还上班的人。娱乐场所,俗称是过夜生活的地方。他几乎可以肯定就是这类地方的工作人员。你也可以说,他或许可能是外企白领,加班完了来滚水放松——这种假设很有力,不过他应该卸下领带。他是来出汗不是来谈判的。好了,他的工作性质可以初步确认下来了。他这么晚,出现在滚水迪厅干什么?当然可能是来消费,来蹦迪放松自己。这是最正常的推理。可是,去蹦迪还要穿皮鞋打领带的人,多吗?肯定有,但少而又少。那么,这个男人非常有可能,就是滚水迪厅的工作人员!事实上,肖羽见到他时,他还正在上着班!"

燕子咯咯咯地笑了。

"I 服了 You!"燕子调皮地模仿了一句周星驰的台词,"那,最后我补充一点吧,算是狗尾续貂——这个男人,不仅是滚水迪厅的工作人员,而且极有可能是个主管或者经理什么的。因为,他的领带肯定不是单位发的那种劣等货,而是从商场买的高档真丝的。肖羽那么挑剔的人都说了,那条领带很得体。"

黄飞一拍手,连连感叹:"真不愧是我的好学生!这个结论无懈可击。实在高明!"停了一会儿,黄飞认真地对燕子说,"这当然都还仅仅是推论,不一定就是事实。今晚,我准备一个人去一趟滚水,找这个男人会一会!"

2

明天 11 月 13 日。

后天 11 月 14 日。

然后,所有的时间就可能都不再属于黄飞了。

黄飞必须好好利用今晚,将这个与肖羽相识的神秘男子找到。

当然,从这简短的一则日记来看,这个男人很有可能与肖羽之死无关。

那不是更好么?如果他没有杀死肖羽,那么中国还活着的 13 亿人当中,就少了一个怀疑对象。

那他们,不是朝目标又前进了一步吗?

想到这,黄飞不禁面露凄凉的笑容。

或者,他根本就不在甚至没去过什么滚水迪厅。那又如何?就当今夜黄飞去那消遣了。

燕子仍在家里翻阅研究肖羽的日记。

黄飞在夜 9:00 准时出门。拦了一辆出租,直奔滚水而去。

滚水是北京最大的迪厅。

远远地,这家迪厅的霓虹灯招牌在夜空闪烁着张扬的各种炫光。

黄飞下了车,同几个男女共同乘电梯来到三层。

刚到三层,就听见了震耳欲聋的狂热迪曲。

买了票。还要经过安检,然后被放行进入。

人已不少,但陆续还有人来。

黄飞在吧台那儿找了个位置坐下。一会儿,一个女服务员过来:"先生,要点什么酒水?"

"啤酒。"

"什么牌子的?"

"最便宜的。"

"好的,您稍等。"

一会儿,那个女服务员用托盘端来一瓶叫不上名称的啤酒。

黄飞决心先等。

黄飞一口一口细细地啜饮这含有酒精的冰凉饮料,眼睛在四处暗暗搜寻。

舞池里,已有不少于100人在那儿狂扭。

音响的确非常棒,震得地板发抖。当然,刚进来尚不适应,黄飞的心脏也随音乐的节奏一蹦一跳。

黄飞说过,38岁以上的人就不该老来这种地方了。因为,一个38岁的人应该为自己的心脏负责。

黄飞被舞池中奇形怪状的人休所吸引。他们都疯狂地扭动躯体,仿佛真的被泡在了滚水之中。

那个粗短身材的小伙,穿着黑色毛衣,剪着板寸,正小心地双手手背贴腰,做着动作很细腻的某种运动。只见他低着脑袋哈着腰,脸对着地面,左一下右一下地来回晃动。他的晃动幅度适中,神情极其严肃,远看上去,就如同刚刚淋完浴,不小心两耳都进了水,现在正竭尽全力又小心翼翼把水给甩出来。

还有一个胖女孩。她不该选择目前这种姿势。她胖,却极力模仿杆舞的动作,整个躯体由头部开始,一节一节地往下痛苦蠕动。但因为腰身不太符合要求,所以每当蠕动到胯部时,就突然走了形,裆部猛地往前一顶。这动作每5秒左右重复一次。说实话,就像在她肥厚的屁股上,有人拿着拖把正动作均匀地不断地在捅。

当然,还有一个看不清脸的女人跳得极好。她腰细。只穿一件紧身上衣,仅仅兜住下半个屁股的牛仔裤,呈优雅又野性的喇叭形。她随音乐节奏扭动,充满诱惑。

DJ时时对着话筒乱吼。底下人一边跳舞,一边时时发出欢呼。

这时,一个女人站在黄飞身侧,用指头在黄飞大腿靠近根部的地方来回轻轻刮。

黄飞一阵痒痒。瞬间陷入某种久远的回忆。

但黄飞更加明白今晚使命。

黄飞微微笑了一下。

"先生，交个朋友吧！我陪你聊聊天。"

在滚水迪厅，至少有五十名这样的女子。她们陪客人聊天，赚取小费。当然，如果合适，你也可以开个价把她们领走过夜。

黄飞盯住这女人的脸看。足有二十七八岁，抹了一层厚厚的粉。

她的长相与黄飞无关。起码今夜与黄飞无关。

黄飞掏出钱包。

黄飞看见这女人的眼在黑暗的吧台前，闪了一下光。

黄飞抽出一张50元的票子，竖到她的眼前："我需要你帮个忙——这50块钱，可以归你。"

"大哥，帮啥忙呀？不会是找出台的吧？直接找我不得了！我一晚800⋯⋯"

"和你们一起干这个的，现在谁在滚水时间最长？"

"谁呢？"这女人思考了一下。

黄飞赶紧补充一句：

"不许骗我。不然⋯⋯"黄飞把钱又收进钱包。

那女人见状，思维突然加速了似的，肯定地说出了一个女人的名字：

"叶子！对，就是叶子！她在这儿时间最长。我们都是她带来的。"

"这样，你帮我去把她叫过来。这钱，现在就归你了。"

"大哥，她可三十好几啦！"这女人不知是因为醋意还是出于好心，提醒黄飞道。

"知道了。"黄飞没有理她。

她便起身走了。

黄飞喝了一口酒。

才放下瓶子，一个穿白上衣的女人已站在黄飞的面前。

3

这女人看上去果然很老。但年轻时应该还算漂亮。

她化着浓妆。

"叶子是吧？"黄飞问道。

她的手摸到黄飞的肩上，眯着眼盯住黄飞的脸看。

"大哥，干吗偏偏要找我啊？还指明要在这儿年头最久的，寒碜我呀！"她嗔怪着，在黄飞后脖颈上轻柔地揪了一下。

这个叫叶子的女人，是个东北人。

"老家是东北哪疙瘩的？"

叶子翻了一下眼，在旁边一个小圆转椅上坐下。

"黑龙江的——查户口啊？"

黄飞不再理她。黄飞一招手，先前为黄飞端来酒的女服务员于是又来。

"来6瓶——最便宜的。"黄飞递上150块钱。

"啧啧，大哥真是实诚人，还最便宜的！"

叶子做着怪脸，斜眼打量黄飞。

"大哥，我可先说好，咱俩银（人）聊天，可是要收小费的。"

"多少？"

"二百。大哥要是满意了，多给点也成。"

酒送上来。黄飞让服务员把它们全打开。

叶子举起一瓶，与黄飞的酒瓶一撞："来！大哥，为我们的认识干一杯！"

黄飞一口气喝下半瓶。这瓶子是酱黑色，比普通啤酒瓶要小许多，可卖得却要贵几十倍。

"叶子，我跟你打听一个人。"黄飞侧过脸，对着叶子的双眼研究了一番，然后说。

叶子故意摆出比实际年龄年轻十岁的妩媚，温柔地迎合黄飞的目光。她

左手握酒瓶，右手轻轻地在黄飞左腿根上来回摩挲。

"说吧，想找什么人？"

"这个人你应该认识。如果你在这儿待过至少一年的话。他喜欢打一条质地讲究的领带。"

这时，黄飞突然灵机一动，在黑暗的迪厅能看清对方领带是否"得体"，那条领带的颜色应该十分鲜艳。于是黄飞接着补充："他打的领带经常是很鲜艳的，比如红色。头发不长，西装，皮鞋——气质很好。"

气质。对，一个人这样在乎自己的衣着打扮，无疑是个对自己很严格的人。那他的气质，应该也差不了哪儿去，至少也早被包装出来了。

"大哥，饶了我吧！这样的人在滚水迪厅，可海了去了！你让我上哪找?！"

叶子摆出一副痛苦状。但黄飞知道她已在大脑努力搜寻。

黄飞向叶子讲出了这个人最特殊之处：

"他应该就是在滚水上班，至少是个主管或部门经理什么的。而且，身高大约 1 米 78。"

"身高 1 米 78……打领带，你说他喜欢颜色鲜艳的领带，是吧？"叶子忽然眼睛一亮，追问道。

"是。"黄飞抿下一口酒，叶子其实已知道这人是谁。

"就是他了——韩冰。他是咱们滚水迪厅的保安部经理。这儿的工作人员就他最个性，上班从不打单位发的领带，而是老打着一条鲜红鲜红的。"

黄飞激动得手有些不稳！

韩冰，第三个他们要找的人，终于就要浮出水面了！说不定，他此时正在某个黑暗角落注视着黄飞呢！

"他现在在哪？"黄飞尽力以平静的眼神向四周扫了一下，问叶子。

"在哪？我怎么知道？"叶子竟笑了。仿佛黄飞犯了一个可笑的无比低级的错误。

"不知道？"黄飞迷惑不解了。

"韩冰，好几个月前，辞职了。从那以后，就再没有人见过他。"叶子喝一口酒，眼珠飞快地转动。黄飞知道这个久经江湖的老女人正在想着什么主意。

"你干吗要找韩冰？"突然，叶子问。

黄飞笑了。反问她："你以为呢？"

"我是你肚子里蛔虫啊？真有意思，我咋知道！"这女人看来读书不多，开始露出素养不高的本性。

黄飞右手托着腮，故作犹疑状。

其实，黄飞是在大脑里编造故事。一个可以使叶子或其他人相信的，黄飞必须找到韩冰的故事。

"既然他已经不在滚水了，我就告诉你实情吧。我有个乡下的远房表弟，有一回在这儿玩，不知犯了什么事，被滚水的保安殴打成重伤，肋骨断了两根。他跟我说带头打他的，就是我刚才跟你描述的那个人，但一直不知他叫什么。"

黄飞一仰脖，喝下一大口冰凉的酒。这一瓶已见底。黄飞抄过另一瓶，又开始喝。

"我要找到殴打我表弟的人。至少要他为自己行为付出代价。就这么简单。"

叶子的眼里闪过一丝不安甚至是惊恐的冷光。她也一仰脖，把瓶中酒饮尽："那么，你就是韩冰的仇人了？"

"哈！哈哈！仇人？"黄飞开心地笑了。"哪有！我只是想认识他而已。可现在，他竟不在了。"

黄飞又认真起来，转过脸对着叶子问："叶子，我怎么样才能找到韩冰？"

"这个嘛……"叶子迟疑着，开始转动放在吧台上的酒瓶。

"有一个人，或许可以帮你。她和韩冰睡过觉。我帮你把她喊过来——但你，把小费先给我吧！"

要想得到必须付出。这是滚水迪厅的规则。而且，在这个躁动狂乱的世界，任何东西都可以折价交换。比如各类消息，乃至肉体。

黄飞抽出两张100元钞票。

叶子接过，冲黄飞一摆手："拜拜……"

然后一扭屁股，进入黑暗之中。

4

丁香吸了一口烟，白盒三五的。

然后，用力往前一喷。好粗的烟柱。

她手指夹着烟，喝着酒，开始诉说。

我和他认识，就是在滚水迪厅。

当时，我刚从东北老家到北京，本来想找个工厂什么的打工挣钱。可我们这个样子，重活嫌累，轻活嫌钱少，体面活又干不了。有个朋友介绍，说这儿可以挣钱，又轻松又时髦。如果出台，一晚挣个千儿八百不成问题。

我来这儿的第二天，就认识了韩冰。

具体情况我就不细说了，我不想说。那是一个周日早上，玩疯了的人们也玩累了，都走了。大概早上四点吧，韩冰把我领到一个包间，在沙发上就强行和我做爱。他力气特别大，他学过散打。那是夏天，我穿着裙子……唉！女人嘛，就是那么回事，再说我当时也不是处女了。

那一阵子，我就成了他的人。

怎么说呢，对韩冰我不是没有一点感情。他帅，比你帅多了。而且说话巨好听，特磁性。那声调，能直接往你心窝子里钻，弄得你心痒痒又舒坦。

许多姐妹为这还吃我的醋。在滚水混的女服务员，还有推销烟酒的，都暗恋韩冰。我为能和韩冰睡觉感到骄傲。

有一回，他带我去他宿舍。我真是吓坏了。他变态！那天有一只老鼠跑到了厨房，我正在那儿用微波炉热牛奶。女孩子嘛，见到了老鼠吓得惊叫。

韩冰动作真快，可那老鼠见到他仿佛一时也傻了似的，动都不敢动了。韩冰把那肥耗子抓住，你猜怎么着？太他妈可怕了！

用烟头烫，用炉火烤，用开水煮，用针尖扎，用刀子一点一点剥皮……妈呀，现在想起来还叫我那个恶心！

你说老鼠这玩意儿是可憎，可痛痛快快弄死它不就得了。可这个韩冰偏偏虐待它，慢慢折磨它，我看到那可怜的耗子眼神都不对了，尽是他妈恐惧！

你看韩冰倒好，那认真劲，太可怕了！他脸色苍白，眼里尽是冷冷的凶光。他动作一丝不苟，那耗子直到体无完肤，仍在不停紧张地喘着粗气。

从晚上看新闻联播时起，一直闹腾到下半夜天快亮，韩冰就一直在卫生间干这事。

我就说："韩冰，你是不是个虐待狂啊？"

你猜韩冰怎么说："这你都看出来啦？我就是个虐待狂！不整点事，心里就难受，像针扎着一样坐卧不安。"

韩冰还告诉我，他那个小区的猫啊狗啊经常失踪。其实都是他给折磨至死的。

我尖叫着说，你他妈韩冰，你不会也杀人吧？！

他狞笑着，那脸是那么帅，现在却无比吓人。他眼露凶狠狠的冷光，咬牙切齿地说："这可说不准！我现在是拿这些小玩意儿练手呢！"

我哪还敢睡觉。幸好天也亮了。我就跑回去了。有一个星期，我都躲着不敢见他。

后来，他认识了一个女孩。是到迪厅来玩认识的。那女孩长得漂亮，气质也好。据说还是个大学生。说实话，我真为那个女孩捏把汗，她不知道韩冰是多么可怕！可也就是他妈怪，那妞每次和韩冰在一起，就跟口香糖一样黏在他身上，扯都扯不掉！

但还是闹腾起来了。韩冰不知咋地又搞上了一个红头发的洋妞。说是洋妞吧，其实也是中国种。她老爹是新加坡一个亿万富翁。

第十章 绝地反击

韩冰心狠。他想把那个大学生甩了。那大学生到迪厅闹过一回,说自己怀孕了,要韩冰无论如何一定娶了她。

那一天我没在,所以知道得不太多。

大概过了两三天,韩冰就辞职了。

我知道的就这么些。但不是我吹,这里所有的女孩,就我和韩冰上过床。对于这家伙的可憎事,也数我知道得最清楚!

5

这一回,丁香吐了一个大烟圈。

黄飞默默地喝酒。分析丁香关于韩冰的描述有多少可信度。

"你能找到韩冰吗?"

丁香缓缓吐出一股烟,在黑暗中盯住黄飞的眼,十分肯定地道:"不行。肯定找不到他了。"

"为什么?"

"他失踪了。手机关机——我估计换了号码。不骗你,我有时还挺想他,去他宿舍找过一回,他搬走了。"

最后,丁香总结道:"韩冰是有意回避所有认识他的人的。因为他要娶那个富翁的女儿过日子,我们这些人知道他的埋汰事太多。总之,韩冰躲起来了。"

黄飞一时茫然。

韩冰,躲起来了?

听丁香刚才讲,有个漂亮女大学生曾经和韩冰好过,会不会就是肖羽?

韩冰要甩掉肖羽,而此时的肖羽已经怀孕。

于是——韩冰不得不杀了肖羽!

黄飞头顶仿佛有一声巨响,顿时豁然开朗!

是的,是韩冰杀死了肖羽,然后彻底地隐藏了起来。

韩冰,你在哪里?

"丁香,你仔细地、认真地回忆一下,韩冰这个人都有什么爱好——与众不同的,特别的爱好?"

"爱好?"丁香眼睛盯住正在舞台上跳杆舞的一位俄罗斯女郎。过了一会儿,她回过头问黄飞:"你说——做爱算不算?他做那事特厉害。"

操。黄飞心里暗暗骂了一句。

但他仍面带微笑地答道:"也可以算上吧。其他的?比如收藏什么东西,最喜欢干什么事——健身什么的?"

"哦!"丁香受到黄飞的启发,手指往吧台上戳了好几下,道,"对了,韩冰这个人,只要你了解了他之后,就特别怕他。他有个特别特别恶心人的喜好,那就是收藏一种打死你也想不到的东西!"

"什么东西?刀子?剑?枪?炸药?"黄飞一连问了好几种物品。

"拉倒吧!他专收藏死人的遗物!只要对脾气了,花多少钱他都肯干!就说有一回吧,他高兴了,把他宿舍一间小屋打开让我看。我的妈呀!尽是些稀奇古怪的东西,有的还有臭味了——居然连女人奶罩内裤都有!"

黄飞感到十分意外,同时也感到这韩冰确实有病——他有怪癖!

"那小屋里,还有什么好玩的东西?"黄飞故意装作很不以为然的样子问。

"可多啦!比如死人的手套,拐杖,钢笔,甚至还有……还有毒药!"

"毒药!"黄飞放下杯子,有些急切地问,"毒药,也是某个死人的遗物?"

"对呀。"丁香有些神秘起来,似乎想闭口不言。

但她的任务是陪黄飞聊天。这是有小费的。

于是,她决心把这个秘密与黄飞分享:"那是装在这么大个玻璃瓶里的白色粉末。"丁香伸过右手小拇指,在黄飞眼前晃了晃:"就这么点大!可吓人了!那粉末白里泛绿,他说只要其中十分之一,就可以杀死一个大男人!"

"哦?这个韩冰,收藏毒药?!"

"他想杀人!"丁香压低声音,差不多是附在黄飞耳畔,极为兴奋而不安地说道:"他要杀的那个人,就是新加坡大老板!"

161

"为什么？"

"那老头儿反对韩冰和他闺女好。韩冰杀他好继承家产呗！"

适可而止，黄飞不能再细问了。一来，黄飞断定这丁香所知已经差不多就这些了。以韩冰的智力他不会让丁香知道太多，除非丁香想死或者他想丁香死。二来，黄飞必须回到望京，去进行下一步工作。于是，黄飞转移了话题："还有呢？韩冰除了收藏死人物品，他还有什么爱好？"

"还有练拳。对，韩冰说他打拳获过奖，奖金有一万多块呢！我亲眼见过，他一拳就把人的鼻梁骨打骨折了……"

顿了顿，丁香仿佛从回忆中重返现实世界，心有余悸地说道："为了练拳，韩冰已经到了病态！他跟我说，当年李小龙为了练习反应速度，要拿带电的电线电击自己。为了模仿李小龙，有一天，当着我的面，韩冰也右手拿高压电线往自己左胳膊上扎，一阵浓烟升起，那一下可叫一个惨，韩冰一声长嚎，胳膊上肌肉硬是给烧焦了，留下碗底大小一块疤，当时那个臭啊，可把人给吓死了……"

黄飞觉得这块伤疤，倒有可能是韩冰的一个关键体貌特征，就随口追问了一句："那道疤，现在应该好了吧？"

丁香白了黄飞一眼，仿佛瞧不起这个男人的如此没见识、没常识："都烧焦了，都臭了，还能好吗？就这个疤，让韩冰遗憾终生去吧！"

"嗯。还有呢？韩冰还有啥爱好？"黄飞知道，更为关键的内容可能马上就要出现了。

"这……还有啥呢？"丁香开始自己问自己。

黄飞没有泄气，用瓶口去撞了一下丁香的瓶口，然后饮下一大口："肯定有！像韩冰这样的怪人，他肯定还有和一般人不一样的地方！你好好想想，肯定有！"

黄飞差点又要掏钱出来了。

"那……我想想。——上网算不算？"丁香迟疑了一下，然后不敢确定地问黄飞。

黄飞顺势诱导她："当然也可以算啊。问题是，大家都经常上网，他有什么与众不同呢？"

"他可不是什么网民，也不是什么网虫，我给他起了个外号叫网魂！一天不上网，就跟丢了魂一样。饭也不吃，手直痒痒，魂不守舍。每天在网上，至少两个小时以上！"

"他大概都是什么时间在网上？"

"中午。他上夜班，早上六七点睡觉。醒来就上网，然后吃饭，然后上班。他基本上都是这样。"

"好。丁香，很好。他主要是在网上聊天是吧？"

"好像是。我从不上网，我文化程度低。"

"没关系。丁香，你能想起他最喜欢去的是什么 QQ 群吗？"

"QQ 群？我整不明白。"丁香似乎有些不好意思，在那闷闷地抽烟。

"怎么说呢……就是我们要上网聊天，得先选择一家网站，在那里有各个社区——或者是大厅或者是包间，隔壁是不能互相聊的……我也不知道你听明白了没有——咳，我这个比方本身就不科学。再换个比方，我俩今晚要见面聊天，必须是同一时间到同一家迪厅，否则连认识都不可能。"

"我好像有些明白了。"丁香把烟灰一弹。迟疑着道："他好像老去叫什么夜的……对，叫什么夜。"

"寂寞单身夜？"黄飞感觉心跳加速，又重复了一句："是不是——寂寞单身夜？"

"像。就是！有'单身'两个字！有一回他上网，我在旁边看，他还要教我。可我文化程度低，学不会。"丁香这一回十分肯定地道。

"他都用什么名字？"

"名字？——韩冰呗！"丁香果然几乎从未上过网，不知网名为何物。她一脸的迷惘，不停抽烟。

"好吧。关于韩冰，你已讲得够多的了。"黄飞喝了一口酒。现在，吧台上尽是空酒瓶了。

"大哥，钱……"丁香最关心的是小费。

黄飞从钱包里掏出 200 元钞票。丁香伸手就夹过去，然后一扭屁股就

163

走了。

黄飞感到有些纳闷儿，她怎么连个招呼都不跟自己打就走了？

当黄飞反应过来，可怕的一幕已经发生了。

在黄飞的左腰上，顶着一把亮闪闪的刀。

刀，一把黄飞所见过最好的刀！

6

黄飞醉眼蒙眬。

此时，迪曲更为强劲。伴随着迪斯科的快节奏，一个沙哑嗓子的男中音在用英语唱着什么歌。

"跟我们走。"

拿刀的剪着板寸，眼很小，但有神。在腮上，有一块蚕豆大小的刀疤。他说话的语气，像是领导在给秘书布置工作，平静却不容置疑。

在黄飞的右侧，还有一个人。年纪比板寸小些，穿着皮夹克，歪着脸观察黄飞的表情。

反抗是没有用的。

前面说过，黄飞不怕静止不动的东西，比如手抢，比如匕首。但一旦它们到了人的手中，黄飞就必须沉着冷静以对。

或者，只要有人的存在，一截砖块也有可能马上变成致命武器。

黄飞缓缓站起来。

却已经四肢不太灵活。黄飞差点碰倒了自己刚刚坐过的圆形转椅。

黄飞茫然四顾，眼前全是已然疯狂的人群。

此时，该是凌晨一点多了吧！

板寸用下巴向左一努，于是黄飞便乖乖地往那方向去。

两个人夹着黄飞，走出吧台。

然后，他们一前一后，将黄飞往一个漆黑的过道方向带。

黄飞真的有些行动不稳。

他们穿过一个个小桌子。桌子边没坐几个人。他们都在舞池里尽情狂欢。

桌上都点着昏暗的小蜡烛,火苗黯淡,来回摆动。啤酒,爆米花,高脚酒杯,一片狼藉。

在前面,有一个桌子边还有两个人。

一个黑人,正搂着一个红裙少女在接吻。

而那,是他们必须经过的。

黑人十分投入,左脚已经斜斜伸出好远,穿着十分扎眼的白球鞋。

有刀子的板寸走在黄飞跟前。

皮夹克走在黄飞身后。

黄飞被夹在中间。

一不留神,黄飞一脚竟踩在了黑人的脚上了!

那黑人"哎哟"一声,把腿猛往回一收。然后,用愤怒的眼睛瞪着黄飞。

黄飞已经顾不上道歉。因为黄飞被他的脚往回一带,一下子失去重心,侧着身差一点倒在了他们的桌子上。

"哗啦!"五六个空酒瓶倒在桌面。

黄飞想帮人家整理一下。身后的皮夹克一把揪住黄飞的后脖领子,把黄飞往前一推。

这小子有把子力气!

黄飞便只好跟着板寸往前走。

推过两扇门,他们进了漆黑的过道。

这里顿时安静下来。没有一个人。

过道很长,几乎望不到头。

走了大约二十米,有一个拐角。板寸仍然用刀抵在黄飞的左肋。那皮夹克走在黄飞的右侧,两人一左一右劫持着黄飞往拐角处去。

就这么又走了五六步远。

黄飞右手两只手指稍一松动,一个空酒瓶倒立着,口朝下从袖筒里无声

165

地滑下来。

黄飞五指握住了瓶颈。与此同时，黄飞身体突然从右侧往后猛一旋转，右臂抬起顺着身体优雅地画了一道弧线。

"砰！"空瓶的下半截，沉重地砸在皮夹克正头顶。

黄飞的右臂划过空气，向身后抡去之际，黄飞的全身肌肉一直是完全放松着的。

就在酒瓶距离皮夹克头顶 10cm 左右，黄飞突然浑身一绷紧，同时腕部发力！

玻璃四散着飞出去。黄飞保证，由于这力道之脆，所有的酒瓶碎片都是在指甲大小。

皮夹克仿佛是在拍电影的慢镜头，无声而柔软地瘫到地上了。

黄飞的身体没有停，而且继续旋转了个 180 度。右手手臂依然平举，而手中握着的破酒瓶最锋利处，已经抵在了板寸的咽喉！

他的刀子依然抵在黄飞的腰上。

但黄飞明显感觉他的手，抖了一下。

"兄弟，这玻璃尖划破喉咙，会死得很惨的。"黄飞冷冷地对他说。

他脸色一变。刀疤变得有些暗红。

但他仍想把刀子往前移，可惜黄飞已先他一步把玻璃瓶稍稍往前推了推。

不到一毫米。

但够了！

有红的血，顺着参差不齐的破玻璃边缘渗出。

板寸出汗了。他吃力地咽了一口唾沫，把刀子轻轻地递给黄飞。

黄飞左手接过这把精制的利刀，右手仍维持原状。

"兄弟，告诉我——谁安排你们这样做的？"

"大哥！"有大滴的汗从板寸的额上滚下来，"放我一马吧！我才 20 岁！"

他又吃力地咽下一口唾沫，涨红着脸道："没人安排！真的大哥，没人安排。我俩是这儿的内保，韩冰以前是我们的头。实不相瞒，干我们这一行，有时难免要和人玩真格的——来迪厅的什么人都有！"

板寸闭了一下眼，然后拼命把眼珠往下转，仿佛想看清正贴在自己颈上的武器是何种模样。

"我们以前得罪过人。听说大哥一晚上尽找人打听韩冰的事，我们就以为大哥是来整事的。也不是要想把大哥怎么着，就想找个地方好好问一问……没想到……"板寸有些苦笑着接着说，"大哥，放我一马吧！"

"韩冰在哪？你带我去找他！"

"大哥，饶了我吧！韩冰失踪了！谁也找不到他了！饶了我吧，我要是说谎，大哥您切了我的舌头！"

黄飞近距离盯住对方的眼睛，用力去烤他。

但那板寸似乎没有说谎。

于是，黄飞抬起右膝，稍用力一顶，膝盖碰到了板寸裆部一坨柔软的东西。

然后，黄飞扔下破酒瓶，向刚刚被劫持的地方走去。

板寸龇着牙，满脸虚汗，痛苦地弯着腰，双手既不敢用力又不能不用力地捂在裤裆部位。

黄飞推开过道门。

巨大的音乐声，马上冲击着黄飞的耳膜。

黄飞一直往前走。

黄飞面无表情——仿佛是刚刚从洗手间出来。

一会儿，黄飞就站在了冰冷的大街上。

韩冰——

我黄飞一定要找到你！

167

第十一章　毒药,真的毒药

1

黄飞回到望京那个小院的时候,已是 11 月 13 日的早晨 6:37。

也就是说,还有明天一天,是属于黄飞的。

然后,要么已经证明自己无罪,要么去自首。

当然,运气不济,在此之间随时可能被警方或热心群众捕获。

冬天的京城清晨,真冷。

但望京这片小区,已经忙碌了起来。人们行走着,劳作着,喧闹着,或者思考着,算计着。

黄飞的大脑由于思虑太多,竟处于了一种亢奋的状态。

一个念头闪过,紧接着又一个念头闪过。

然后,一串念头闪过,紧接着又一串念头闪过。

最后,一片念头闪过,紧接着又一片念头闪过。

现在,黄飞的脑袋似乎有火在燃烧。

特别是后脑勺那部分,熊熊烈火将黄飞的意志无情地炙烤。

168

黄飞在特种部队的时候,潜心研究过一段时间的犯罪心理学。而且,黄飞还利用假期到政法大学研究生院旁听过权威专家们的讲座。

人作为万物之灵,其实自己并不能完全控制自己——人一旦沉湎于某种癖好,往往就再不能自拔。比如吸毒。

有人酷爱收藏。从心理学角度来分析,是这种行为给了他心理上的愉悦。这种愉悦不断重复,放大,最后会导致收藏者产生一种潜意识中的迷幻。

迷幻不断重复,最终就导致了依赖。

在这愉悦乃至迷幻中,人其实已不在现实中,而是进入了某个虚拟的世界。那或许是童年记忆,或许是未来梦想,但当事人并不能察觉。他暂时地无意识了。

黄飞最欣赏的词人是辛弃疾。

他的名句:"醉里挑灯看剑,梦回吹角连营",足能引起天下所有老兵的内心共鸣。

辛弃疾爱剑。那是他扬名立万的器具。所以在一边痛饮一边与剑独处时,他已忘却现实的不如意,而又有了英雄之血在体内奔腾。

据黄飞的考证,辛弃疾就酷爱收藏宝剑。

黄飞本人,则有一个不为人所理解的喜好。但黄飞自己明白,这也是黄飞的经历所决定的。

黄飞收藏一种在旁人看来不可思议,甚至不屑一顾的武器:

工兵锹。

至今,黄飞已收集了至少近百种各类工兵锹。在把玩这种其貌不扬,与其说是兵器不如说是农具的家伙们时,黄飞便又回到了过去。

把玩的一刹那,犹如醉酒般的快感。

黄飞刚刚到特种部队时,是一名工兵。

黄飞的任务是填雷、排雷。

黄飞最信任的战友,就是这把甚至有些自卑而丑陋的工兵锹。

黄飞努力去体味韩冰的内心世界。

很显然,这是一个变态的人。他已经有些精神分裂。至少,他生活在两重

169

世界,因此他拥有两重人格。

一方面,他是个称职而尽责的保安部经理,他衣着得体,勤奋敬业。

另一方面,他是个收藏记录着死亡信息的物品,甚至是死人文胸的爱好者。

可以想象,在把玩这些遗物时,每个人的死亡过程对韩冰产生了强烈的刺激。

他是个虐待狂。他用令人作呕的手法折磨耗子、小狗、小猫。在这个过程中,他犹如吸毒一般产生了愉悦和快感。

但毕竟,他不能随便杀人。

当然,他或许真的杀过人。这需要有力的证据来下结论。

但在凝视、抚摸这些死者遗物时,韩冰已经不自觉地进入了虚幻的世界。

他在体验死亡。

死亡予以他极大的刺激。

他甚至会想象着这些生命的终结,都是由他韩冰来完成的。

于是,他韩冰就是这个世界无所不能的强者。

现实中的韩冰,肯定有着明显的人格缺陷。一个硬币必然会有两面,而这两面必然会相辅相成。

当你切除硬币的正面时,硬币的反面也残缺了。

黄飞就执行过这样一个任务。

当黄飞他们这个分队冒着死亡的威胁,将一名劫持人质的中尉军官活捉后,才发现这名从著名军事院校毕业的高才生,竟有这样令人不可思议而且恶心的嗜好:

他嗜臭!

比如,他要吃尖椒猪大肠,那大肠一定不能清洗得太干净,必须在肠道的皱褶中残余一些猪粪。

更令人作呕的是,他会在晚上偷偷到营院外面的小树林,捡已经发臭的死猫死狗回宿舍煮食!

总之，对他而言，臭是一种必不可少的感官刺激。

由于他也知道嗜臭违反了常人的为人处世的规范，因此他要隐藏自己。

渐渐地，他就灵魂扭曲了。

后来，他因第五个女友离他而去，而愤然持刀劫持人质，报复社会。

黄飞的右胳膊，就是在那一次执行解救人质任务时受的重伤。

现在，黄飞的右肘只能弯曲成90度。黄飞的右指不能像正常人那样触摸到自己的右肩。

一想起这些，黄飞的右臂竟还有些隐隐作疼。

2

燕子把肖羽的日记全部研究完了。

但已无其他收获。

在肖羽的日记中，分别记载了罗盘、刘小阳和韩冰——虽然后者仅仅是一句话。

现在，他们的目标只有韩冰了。

韩冰嗜爱收集与死尸有关的物品。

同时，他还嗜好上网。

这二者，其实是有密切联系的。

黄飞甚至可以断定，韩冰所拥有的许多藏品就是从网上搜集来的。

互联网是天堂。

互联网是地狱。

互联网是无所不容的海洋。

互联网是一无所有的沙漠。

一万个人眼里，有一万个互联网。

现在，黄飞和燕子就在互联网上。

这是11月13日的中午12:10。

燕子打字比黄飞快。

于是她是"操键手",黄飞在一旁充当顾问。

如果丁香所言不差,那么此时韩冰应该同他们一样,也在"寂寞单身夜"。

在网上,没人知道你是一条狗。

比如说,现在他们所遇到的网友,网名千奇百怪。但网络的虚拟性,使你无法从网名来真正推论它的主人的各种信息。

在现实生活中,我们一听这个人叫"李燕",那么十有八九此人为女性;那个人叫"黄飞",那么此人可能就是个小伙。或者有人叫建国,那他不仅是男性,而且是10月1日出生。当然,如果叫援朝,那该出生于20世纪50年代。

一个人叫刘小羊,也可以叫刘小狗。

在现实生活中,我们可以就凭借这三两个字联想到它的拥有者的命运。

但网上不行。

现在,有位叫"好色的村支书"的,正在和一位"憨厚的村支书"在那聊得甚欢。

好色的村支书:老兄,忙啊? 聊聊?

憨厚的村支书:忙啊!

好色的村支书:忙什么呢?

憨厚的村支书:忙着找工作呢!

好色的村支书:呵呵。老哥,以前是做什么的?

憨厚的村支书:业余时间搞搞诈骗——只骗色不要钱。

好色的村支书:汗! 色,偶稀饭! 老兄,还是你老人家隐藏得深啊,外表憨厚其实好色。现在还干不干啊?

憨厚的村支书:不干了,决心尿盆洗手了。

好色的村支书:为什么啊? 我好不容易得遇大师,还想多多讨教呢。

憨厚的村支书:出来混,迟早都是要还的——做人要厚道不是? 呵呵,现在俺们村有十几个柴禾妞死缠烂打追我不放。

好色的村支书:寒! 有时间我请老兄出来FB一下?找工作的事嘛,可以

172

在招聘网站搜索一下。

憨厚的村支书:好说好说,呵呵,偶被村民请吃喝惯了,来者不拒。不过偶稀饭涮锅子……

……

在他们的网名下面,是一位叫"北京高傲少妇"的。

差不多有十几个无聊者,都忙着去和"北京高傲少妇"打招呼——

独坐窗前看风景的男人对北京高傲少妇说:美女,聊聊?

静候佳阴对北京高傲少妇说:姐,咱俩聊聊?我今年二十四,姐多大?

爱一个人真的好难对北京高傲少妇说:说话!说话!!说话!!!说话!!!!

最后,有个"北京小老头"也来凑热闹——

北京小老头对北京高傲少妇说:儿媳妇,这儿闹哄哄的,咱还是回家吧!

但黄飞和燕子不是来聊天的。

黄飞他们是在等人。

网上共有 309 名网友。

除他们之外的 308 人,说不定韩冰就是其中之一。他或许叫"独坐窗前看风景的男人",也有可能就叫"静候佳阴"。但"爱一个人真的好难",难道就不是韩冰?韩冰只要高兴,他也可以给自己起名"北京小老头"。甚至,干脆就叫"北京高傲少妇"。

黄飞他们最担心的是——

韩冰现在根本就不在网上!

上帝投下了骰子。

上帝也不会提前知道结果。

即使是上帝,他也必须在结果出来之后才知道结果是什么。

所以,黄飞他们只有等。

在笔记本屏幕的右侧,是一大串黑色的网名。最上面,是蓝颜色的一行字:合理价出售被杀女网友日记。

这是黄飞他们的网名。

黄飞他们等。

如果韩冰此时就在网上，他没有理由不来找他们。

第一点，这日记是被杀女网友的。它属于遗物，这正是韩冰的收藏目标；

第二点，为什么韩冰就不会怀疑这日记有可能就是肖羽的？如果真是肖羽的，那为什么他就相信里面没有记载她和他的事？

如果既满足了自己的特殊嗜好，同时又能阻止有可能证明自己有罪的证据外传，岂不一举两得？

当然，以韩冰的智商，他会想到这或许是一个圈套，是一个陷阱。

可是，难道他连试探一下的勇气都没有吗？

在网上，他是隐蔽的。因此，他也是安全的。他至少可以尝试一下，来判定出售死者日记是一个恶作剧还是确有其事。

如果是黄飞，他会想尽方法来确认这一点。

因为，万一这日记真的存在，而且是肖羽所写，那反而陷自己于更不安全！

因此，黄飞和燕子都坚信——只要韩冰此时在网上，就一定会来找他们！

他们张好了诱网，等待猎物出现。

有人触网了！

在私聊一栏里，突然闪现了一行文字：

"好奇心"悄悄地对合理价出售被杀女网友日记说：你好！呵呵，没有这么恐怖吧？

黄飞和燕子四目相视，终于有人回应了！

"啪啪啪"，燕子白皙的手指飞快地在键盘上击打。

合理价出售被杀女网友日记悄悄地对好奇心说：感兴趣吗？无诚意勿扰！价格可以商量。

大约过了半分钟，对方没有回答。

黄飞示意燕子主动出击。

合理价出售被杀女网友日记悄悄地对好奇心说：怕了吗？便宜卖给你了！

这回,"好奇心"立即做出了反应——

好奇心悄悄地对合理价出售被杀女网友日记说:变态！恶心！

然后,是一个伸出舌头的恶心人的网络符号。

黄飞看到燕子泄气地把身子缩进了椅子。黄飞也叹了口气。这"好奇心",不知是男是女是胖是瘦,至少不太像是韩冰。

就在此时,又一个人来了！

"追忆似水流年"悄悄地对合理价出售被杀女网友日记说:一共多少本？

这问题提得直截了当！

黄飞他们俩立即又兴奋起来。

"怎么回答？"燕子双手悬在键盘上,在空气中不停做着敲字的动作,焦急地问黄飞。

黄飞略一沉吟,口授道:"一共四本,主要是这四年的。"

对方沉默了一会儿,又问:"被杀女网友？怎么被杀的？时间？地点？人物？"

"你问这么多,是否真有诚意？"

"当然有诚意！——回答我。"

对方不待回答,又问了一句:"怎么证明你说的全是真的？"

"当然是真的。我可以先告诉你,她是哪天被杀的——11月1日。"

是黄飞让燕子这么回答的。

11月1日,对于肖羽而言是个悲惨的日子。如果韩冰杀了肖羽,他不可能忘记这一天。

所以,如果这位"追忆似水流年"就是韩冰,他应该明白,黄飞他们所说的日记就是肖羽所写！

"嘻嘻！说得跟真的似的,偶不信！"

"绝对真实。你是不是根本就没有诚意啊！？"

黄飞和燕子有些急。这家伙不太像是韩冰！

黄飞干脆让燕子站起来,亲手在键盘上敲打。

"老兄是干什么的,我知道。"

175

"真能吹牛,呵呵。"

"你是从事与文字相关工作的。"

"哇!你怎么知道的?"

"这很简单——你每句话后面,都有非常规范的标点符号。"

黄飞接着说:"而且,你的网名是一部世界名著,虽然它写得很臭。"

"呵呵!佩服佩服!我是坐办公室的,负责给领导写讲话稿。我绝不让从自己手中出去的文字有任何瑕疵。习惯了,被老兄识破了……"

黄飞懒得和这位老兄啰唆,便紧盯着屏幕一动不动地看。突然,一行无比平常却惊心动魄的文字闪现!

"行走在夜的边缘"悄悄地对合理价出售被杀女网友日记说:我买。但有一个条件:死者姓名?

黄飞激动得双手有些颤抖!

因为黄飞一直相信自己的直觉。

现在,直觉告诉黄飞:这个人,或许就是韩冰!

燕子也发觉这个人有些不同寻常,她的手比黄飞还抖得厉害。

燕子侧脸望着黄飞——怎么回答?

黄飞顾不上燕子,手指微颤着操作:"我也只有一个问题:为什么买?"

沉默。

黄飞又追上一句:"请说真话。"

沉默。

黄飞额上有汗。四肢仿佛浸在冰块之中,忍不住瑟瑟发抖!

黄飞从来没有这样激动过!

"我喜欢收藏和死人有关的一切东西。这个回答满意吗?"

妈的!这可不仅仅是"满意"不"满意"了,这整个是谢天谢地!

黄飞和燕子同时念出一个人的名字:韩冰!

燕子的手机响了。

燕子去接。她脸色苍白,手不住地哆嗦着。

虽然离得远,黄飞也听出了那是极为悦耳的男中音!

是韩冰!

他真的按燕子在网上留下的手机号码打过来了!

燕子既激动又惊恐。她是第一次和一个真正的杀人凶手——而且是变态的,专门收集与死人有关的一切东西的——通电话。

"喂……是你吗?"那声音果然充满着天然的磁性,胜过电台职业播音员。

如果仔细去听,你会发现这声音美中不足的是,夹杂着一种不易察觉的阴柔的味道。

"是我……你在哪?"

"日记在哪?"

"在我家里。你真要?"

"要。多少钱?"

"5000。不讲价。"

"可以。怎么把日记给我?"

"你来取。"

"可以。你在哪?"

"……"燕子求助地望了黄飞一眼。

黄飞赶紧飞快地在纸上写下一个地名:东直门麦当劳。

"你到东直门麦当劳找我。"

"可以,你把日记带上。"

"好的。你把钱带上。"

"几点钟?"

177

"……"燕子又看黄飞一眼。黄飞又写下一行字：明天行不行？

燕子迟疑着，她不明白，都到了这么紧要的关头，还要把时间往后推移？

"那……明天吧！"燕子还是按黄飞的意思对韩冰说。

"就今晚。"

"今晚，我……"燕子不知找什么理由。

"就今晚。"韩冰不容置疑地说。然后，韩冰的男中音又响在燕子耳畔——

"不然，我就不要了。"

黄飞用力一点头。燕子便装作无奈地道："那好吧，就依你！今晚 7:00。钱一定带上啊！"

那边什么也没有说，"啪"地把电话挂了。黄飞几乎是夺过燕子的手机，去查阅来电显示。

可是，最新已接来电是——0000。

黄飞明白了。韩冰使用的是保密电话。比如军线，比如安全部门的电话，是不会显示出来的。它们往往就只是令你摸不着头脑的四个甚至更多的零。

黄飞差点把燕子的手机摔了。

但不管怎么说，韩冰将在今晚 7:00 出现于东直门麦当劳。

或许，他会耍黄飞他们——比如他根本就不打算出现，或者叫别人来交易。

不管怎么说，黄飞他们听到了韩冰的原始声音。韩冰不仅是客观存在的，而且他应该就在北京！

这，就是极有价值的发现！

4

怕不怕？

不怕。

别骗我。

是有点怕。但有你在,我就不怕。

别怕,我就在旁边保护你。

黄飞习惯地搌了一下燕子的鼻子,然后目送她走进灯火通明的麦当劳。

此时,是 11 月 13 日晚 6:50。

如果韩冰是个信守诺言的人,他将于 10 分钟后出现。

黄飞已做好准备,如果韩冰真的来买肖羽的日记,黄飞会不惜一切代价抓住他!

不仅仅是因为他将黄飞的名字刻在了杀人犯的耻辱柱上,更重要的是黄飞只有抓住他,才能证明自己是无罪的!

只要他是自由的,黄飞就不自由。

黄飞要得到自由,就必须使他彻底失去自由。

以他的罪行,该不仅仅是失去自由吧——他会被判以极刑!

但如何判决韩冰,是法官的事。

黄飞要做的,是将韩冰送上审判台。

麦当劳里,人不太多。一对对情侣安静地享受着这被人称为洋垃圾的食品。

还有带小孩子的夫妇。也有孤身一人的男女。

谁会是韩冰?

或许,韩冰已先黄飞他们到达?

或许,韩冰根本就不打算来?

黄飞抬腕看表:7:00。

一个身高约 178cm 的男子走进麦当劳!

而且,他竟直接坐到了燕子对面。

他的背对着玻璃墙。黄飞看出他的肩很宽实,是个有力气的人!

他在同燕子说着什么。

仿佛产生了争论。

179

麦当劳里众目睽睽，韩冰不至于傻到在那伤害燕子！

但黄飞依然十分紧张。韩冰毕竟是个变态者。燕子此时是绵羊坐在恶狼的对面。

似乎那男人和燕子没有谈拢。因为他站起身，没有拿燕子面前的牛皮纸袋就往门这边走！

黄飞心怦怦直跳。

黄飞必须抓住他！

就在他左脚刚刚迈出麦当劳的大门的一瞬间，黄飞纵身一跃，双臂死死抱住了他！

黄飞120多斤的躯体加上惯性，冲击得男子和黄飞一道摔倒在地上。

这突如其来的出击，惊得麦当劳里发出了好几声尖叫。

黄飞把他摁到地上。他拼命挣扎。他的肌肉铁块样结实，他的力气极大——但那是野蛮的与生俱来的力气，而非经过专业训练的可以自由运用的力气。

黄飞将其双手往背后一扭，左脚一下子踩到他的右脸上。他的左脸，此时已贴在冰凉的水泥地面，当然已经变了形。

"矮（哎）哟——痛死俺了！"地上的人，用山东话发出了惊恐而痛苦的哀嚎。

他不是韩冰！

他是韩冰派来的。

黄飞脚上用了用力，这山东小伙的牙便龇了出来。

"谁让你来的，快说！"

"大哥，俺在马路对面工地干活，一个男的跑过去……哎哟！跑过去、跑过去给了俺50块钱，让俺把个信封交给……哎哟！屋里那位小姐……哎哟……可痛死俺了！俺咋这么倒霉……大哥，钱还在俺裤兜里，你就全拿走吧！"

这时，已有不少人围观。

燕子也在其中。

黄飞必须趁大伙还以为自己是警察在抓小偷的时候,从容逃走。

黄飞把这倒霉的民工提起来,轻轻地踢了他一脚……

"这回算你走运,还没得手就被我逮着了。下回,我就不客气了!"

当这小子明白自己真的可以走了时,他弓着腰,跑得是那么仓皇,令人心疼。

人群稀稀落落响起掌声。

黄飞和燕子赶紧走。

有人小声嘀咕:"那女便衣,长得还真漂亮……"

黄飞他们拐过街角,在路灯下打开信封。

一张 B5 的白纸上,工工整整用楷体打印着一行大字:

黄飞:

我真正想收藏的是你的东西。

没有署名,也没有日期。

黄飞的胃,一阵比一阵痉挛……

5

黄飞真的就这么又一次失败了么?

黄飞的大脑如同是快干燥的糨糊,既凝结成块又混乱不堪!

"黄飞,你冷静些。你再回忆一下,那个叫丁香的还说了些什么?"燕子好心地站在黄飞身后,双手轻轻地为黄飞按摩脑袋。

"黄飞,你教过我——表面看起来各自独立的事实,背后往往都有密切的内在联系。我们会找到线索的!"燕子停顿了一下,接着安慰黄飞——

"我们不是还有一天的时间么?"

话一出口,她就知道这话本不该说。

还有一天的时间,其实是只有一天的时间。

眼看着 13 日就快过去,越来越接近自首的最后期限了。

13,真的就如西方人所相信的那样,是黑色的不祥之数吗?

至少,今天的遭遇就证明了这一点。

那么,13 日,你就早点结束吧。

6

黄飞把丁香的话重新梳理了一遍,选出了这么几个"关键词"——收藏遗物、毒药、新加坡富翁。

新加坡富翁?

黄飞记得丁香说他叫伍秋桐。

你如果想找什么东西,那你最好去互联网。

只要世界上有的,网上都会有。

黄飞现在就在网上找毒药。

这种毒药,要符合以下特征:

白色粉末;数量极少;装在玻璃瓶中;只需极少量就可以杀人。

韩冰如果真的用这种药粉来杀人,那它还应该是无异味的,否则被害人会提前察觉。

另外,它还应该是可以溶入水中的。

黄飞将上述要素键入百度搜索。

毒药 白色粉末 溶于水中

电脑屏幕一闪,提示:找到相关网页 13 篇,用时 0.419 秒。

又是一个 13!

B25 兽药使用方法 117(001—050) 排除

烟草农业——烟草农药应用技术(总汇)[3]——中国烟草…… 排除

珍惜生命、远离毒品！！！！ –MACD股市技术分析　　　　排除

环境与健康相关产品安全所　　　　排除

……

　　所有同时符合了"毒药"、"白色粉末"、"溶于水中"的要求的信息，都被黄飞——排除。

　　这时，燕子建议黄飞干脆扩大选择范围，只键入毒药，说不定还能歪打正着。

　　于是，黄飞键入两个字：毒药。

　　液晶显示屏幕几乎在黄飞点击"百度搜索"的同时，在右上角跳出一行字：

　　找到相关网页612000篇，用时0.001秒。

　　燕子伸了一下舌头。

　　黄飞也脸色凝重起来，这无异于大海捞针啊！

　　黄飞一个页面一个页面往下翻。

　　但这是海量的信息。要浏览完这么多信息不知道要到何年何月？

　　必须换个思路。

　　于是黄飞选择"退出"，重新在百度键入：

　　遗物　毒药

　　黄飞思索了一下，又加上一个名词：

　　购买

　　黄飞发觉燕子在一旁会意地点了点头。

　　笔记本液晶屏幕右上角出现一行字：找到相关网页约156篇，用时0.125秒。

　　在156篇文章——而且只是在标题中，找到最接近黄飞他们想要的，就不是什么难事了。

　　很快，黄飞的目光停留在这样一篇文章上。

第十一章　毒药，真的毒药

183

我和四川唐门最后一个传人的一段奇缘

作者 风雨江湖

本人一生酷爱中华功夫，自小就拜少林寺释永大和尚为师，练习少林拳11年。20岁时辞别少林，开始游走江湖，以武会友。

中华武术源远流长，形成派别数不胜数。当然，我在江湖闯荡，个中过程荣辱参半。我曾以大摔碑手胜过太极名家刘云山，此为我一生最大幸事。但38岁那年，到京拜访大成拳第三代重要人物崔瑞彬武术七段，在切磋时被其以穿透力击成内伤，遂有淡出江湖之意。

然熟知大成拳的同行都知此拳威力无比。曾被高手以穿透力伤过，便相当于终生武功被废。我不甘心后半辈子就此真正隐出江湖，便遍访天下用药高手，以求不仅能强身健体，更能增加功力。

在42岁那年，我终于在广东湛江得遇四川唐门最后一个传人唐傲之。此公其时已经七十有五，然鹤发童颜，身手敏捷。唐傲之不仅向本人演示江湖中已少有人见识的诸多功法，更不吝向我传授了至少十五样独门暗器。其中，以凤尾钉最为神奇。在唐傲之手中，此普通铁钉不仅能穿透厚厚的门板，甚至可以中途拐弯！

本人自小就熟知江湖传言：唐门不仅以暗器著称，更以善于用毒药伤人毙命独享盛名。我便多次寻机向唐傲之讨教。

此公初始闭口不谈。后在本人多次诚恳请教之下，终于将唐门毒药之秘密向本人悉数传授。

读者诸公若有兴趣，不妨认真听本人对唐门毒药之来源及神秘配方一一加以介绍。

四川唐门世代居于四川恭州唐家堡。是饮誉武林的暗器家族，以暗器和火器雄踞蜀中，行走江湖达数百年之久。唐门中人善于设计、发明和使用各种暗器、火器乃至毒药，威力惊人。

据唐傲之言，他用了差不多20年时间研制提炼一种致命毒药，名"如沐春风一命散"。

其实,该毒药主要成分是我们随处可见的蓖麻!

1978 年, 一名流亡伦敦的保加利亚记者乔治·马科夫在等公共汽车时, 被人用雨伞戳伤了小腿。随后,马科夫似患急性胃肠炎,并发高烧,3 天后死亡。尸检时发现死者小腿伤口处有一微型中空的金属圆球,空心部位足以装下 0.28 立方毫米的有毒物质。经毒药专家检测,此毒为蓖麻毒素。

蓖麻毒素可从蓖麻中提炼出来。蓖麻毒素可以溶解于水。它的中毒症状是一开始发烧,肌肉痛,一般医生无法诊断。然后体内出血,最终神经麻痹而死!

唐傲之所炼"如沐春风一命散",却增加了一种神秘的成分——一种植物提取素。该植物提取素为一种著名的昂贵中药材,为世人所罕见。此植物名称因唐傲之再三嘱咐本人不可外泄,故在此文不便提及请大家原谅。

有了此种中药材,就可以使人在食入"如沐春风一命散"后,不仅毫无觉察,甚至还会心情愉悦。但20 分钟后,会平静地死去而不为人知。

以上关于唐门毒药的描述,本人以闯荡江湖30 年的经历保证,绝非诳语!

"如沐春风一命散",我确实亲眼见过。呈白色粉末状,装在小拇指粗的玻璃瓶内。

这年初夏,唐傲之不幸去世,终年82 岁。那神秘的"如沐春风一命散",作为死者最特殊遗物, 落入唐傲之唯一的后人唐小傲之手。唐小傲大学毕业,未继承唐门功夫大业,而志在经商。可以说,四川唐门就此不再。

据说,一同样神秘的男子出价一万,从唐小傲处购买了"如沐春风一命散",以做科研用。

故人已逝,江湖又少一风景!

谨以此文,祭我的朋友唐傲之先生!

"这真是一个神经病! 编得神乎其神,还真有什么四川唐门呢! "
燕子阅读完这篇文章,不禁发表评论道。

　　黄飞倒不完全这么想。四川唐门可能基本上是不存在的，但不排除有什么怀有不同目的的人，打着四川唐门的旗号在外呼风唤雨。

　　江湖术士中，往往也不乏有真本领的。

　　或许，韩冰也对这个故事产生了兴趣，并十分相信。于是出价一万买下了所谓的"如沐春风一命散"。

　　按这篇奇文所说，唐傲之死于这年夏天，距今不过数月而已。

　　那么，韩冰买下这神秘的毒药以杀死新加坡富翁，就是有可能的了。

　　关键是，这"如沐春风一命散"有没有可能真的存在？

　　互联网会告诉黄飞他们一切！

　　于是，黄飞重在百度键入：

　　蓖麻毒素

　　也就是眨了一下眼的时间，8190篇与蓖麻毒素有关的信息，出现在了黄飞他们眼前。

　　黄飞只看了第一条信息，就明白不用再往下看了。

　　"风雨江湖"的文章除了所谓的四川唐门和唐傲之令人怀疑，那可怕的"如沐春风一命散"是可以制造出来的——也就是说，它可能真的存在，甚至它有可能就真的在韩冰的手中！

阿尔—凯达制造蓖麻毒素

来源：中国日报

　　英国《泰晤士报》11月16日发表文章，揭露本·拉登属下的阿尔—凯达组织曾经计划制造一种致命的生物毒药——蓖麻毒素。

　　《泰晤士报》头版一篇发自喀布尔的文章称，在一幢被阿尔—凯达废弃的大楼中发现了一份文件，详细记述了蓖麻毒素的制造过程。蓖麻毒素是蓖麻油中提取的有毒蛋白，含有剧毒。

　　该文件写道："要杀死一个成年人，需要使用较大剂量的蓖麻毒素，要杀死一个小孩，只用7粒种子的剂量就可以了。制造蓖麻毒素的时候，一定要戴手套和面具。中毒后,少则3到5天,多则4到14天就会死亡。"

此外,这座大楼内还散落着一些关于如何研制爆炸物的文件。

幻想要杀死地球上所有生命
美一男子制造蓖麻毒素被捕

来源:检察日报

本网讯(海鸥):据美国华盛顿警方4月13日透露,一男子因为在家中利用蓖麻籽制造蓖麻毒素,于上周被逮捕。他的家人说,他可能患有孤独症。

罗伯特·艾尔伯格,37岁,通过邮购的方式买了4.7磅蓖麻籽,从上周开始在家中加工蓖麻毒素。联邦调查局的调查人员在他的家中发现了一个利用蓖麻籽制造蓖麻毒素的14步"秘方"、一个用来研磨蓖麻籽的咖啡豆磨具和一瓶碾碎了的蓖麻籽。

罗伯特的家人认为他患了孤独症。在他给其家人和朋友的信中,罗伯特描述了他的计划,说他现在能够毒害水源,还说希望能在"联邦监狱的死囚牢"里死去。蓖麻毒素,是一种目前还没有解毒方法的剧毒药。

在去年7月给他姐妹的信中,罗伯特这样写道:"这是一件令人振奋的工作,或许我找到了能够让地球上所有生命都死去的方法。"

……

黄飞手心有汗渗出。

太可怕了!韩冰真的已经拥有了比简单的蓖麻毒素更致命的毒药——它可以让你心情愉悦地不知不觉地死去!

现在,必须抢在韩冰行动之前,去救那位名震华人世界的新加坡大富豪伍秋桐!

当然,同时黄飞也是在自己救自己!

187

7

伍秋桐,黄飞在上初中时就听过他的名字。

在互联网上,很轻易就能搜索到关于伍秋桐的相关报道。

伍秋桐小传

伍秋桐,浙江奉化人。1918年生,毕业于保定陆军学校。官至国民党少将,1949年随部队撤至台湾。1970年退出现役,开始经商。1982年将事业迁到新加坡。

现任新加坡伍氏房产集团董事长。麾下有餐饮、娱乐、文化、影视等企业50余家。名列华人富豪榜第二十三名。

1997年始,将主要精力投向中国大陆,并长驻北京。

韩冰和伍秋桐的女儿认识了。或许两人真的相爱了。然后,为了伍氏房产集团那惊人的财富,韩冰要杀死伍秋桐。

这是几乎可以肯定的。

关键是,韩冰会选择什么时机什么场合下手?

麦当劳发生的一幕,证明韩冰不是个头脑简单的人。相反,他沉着冷静凶狠毒辣,他不会犯低级错误。

所以,他会选择他认为合适的时机下手。

或者,他会制造一个合适的时机下手。

黄飞承认,他开始感到有了巨大的压力。

韩冰,是一个必须重视的对手。

8

11月14日。

下午5:35。

黄飞坐在沙发上。

燕子伏在黄飞怀里。

她在无声地哭泣。

泪水,奔泻着。

黄飞一只手搭在她的后背,另一只手轻轻地抚摩她的黑发。

"燕子,这些天,你为我做得太多!"

"你别这么想!要去自首的时间期限,是我们自己定的!"

"不……我必须走了。"

"黄飞!你知道,我的心有多难受吗?"

"我知道。因为我和你一样。"

黄飞的眼已红。

黄飞长长叹口气。黄飞必须走了。

"燕子,这些天你对我的帮助,我会铭记终生。但你为我所做的,已经使我不堪承受。而且,你给我定的期限,已经快到了——不过还剩十几小时而已。我不能完全实现诺言,但至少可以实现一部分。我该走了。"

"黄飞……我相信你,你没有杀人!你是无辜的!"

良久,黄飞没有说话。

于是,燕子一边抽泣,一边接着诉说。

"一开始,我是对你有所怀疑。但你找到了我,并要我帮助你,我知道已经别无选择。但我也一直在思考,渐渐地我判定你应该不是凶手。"

燕子转过脸,深情地盯着黄飞看。黄飞也把目光投向她那漂亮却伤心的脸庞,期待她说下去。

第十一章 毒药,真的毒药

189

"如果你杀人，你不会留下刻有'爱情刀狼'的刀子，你没那么傻。特别是，当我真的从高村找到了那瓶张裕干红时，我就坚信你没有撒谎。你是一时糊涂，才进了肖羽的宿舍。那瓶酒，我还留着……"

黄飞的鼻子有些发酸。燕子，你真是个好女孩！你善解人意，你果断勇敢，你聪明心细！

"后来发生的每一件事，都只能证明你黄飞是个好人。如果你真杀了人，你大可不必这么历尽艰险去搜寻证据，以证明自己无罪。"

燕子把手指伸到黄飞的脸上，轻轻地触摸。

"当一步一步接近真相的时候，我越来越为自己当初选择和你在一起而感到高兴。"

燕子起身，在柜中取出那晚从高村找到的张裕干红。然后拔出木塞，为他俩各自倒了一杯。

酒。热情却平静。

黄飞饮一口。冰凉。有些苦涩，却又包含甘甜。

"让我走吧——我必须走。"黄飞把头埋下去。黄飞不敢看燕子的脸。

"这些天，我都住在这，没被发现这已经是十分幸运的事了。但我不能老这么碰运气，我必须杀出一条血路。"

黄飞把一杯酒一口喝下。

"燕子，我走了。最后，我求你帮我再做一件事。"

黄飞取出600元钱，搁到桌上。

"在我逃亡时，曾有位叫林菲的女孩帮过我，我欠她600块钱。人情债，是无法用金钱衡量的。所以我欠她的金钱是多少现在就还她多少，至于别的，如果有朝一日我还能以自由之身再次见到她，就当面向她道谢吧！"

屋外，冷风稠密。

黄飞将离开这温暖的小院。黄飞将离开帮自己太多的燕子。

黄飞将又孤身一人去逃亡。

"嘤嘤……我不能让你就这么走！"

燕子的哭声，令黄飞心碎……

第十二章　游戏开始

1

11月15日。

周一。

本来,黄飞应该去自首了。

但燕子都已相信黄飞是无罪的了,那黄飞又何必这么拘守陈规?

黄飞不想连累燕子,虽然黄飞已使燕子牵连进来了。早一步离开,会使燕子早一步解脱。

更重要的是,在新加坡伍氏房产集团的官方网站上,黄飞看到了这样一则消息——

11月15日上午,伍秋桐将出席新闻发布会,就北京最新的房产项目"秋桐嘉园"楼盘开盘发售一事答记者问。

这,或许是黄飞唯一可以和这位华人房产大亨面对面接触的机会。

上午9:35。

黄飞出现在北京朝阳区汇信大厦的多功能厅。

191

主席台已经安排就绪。茶杯、饮料一应俱全,就差"主席"们就座了。

多功能厅后面摆放了许多的桌椅,但距主席台却十分遥远。

任何人只要你感兴趣,都可以在这观众席参观今天这场新闻发布会。整齐的单椅前,拦了一道粗粗的横绳。在横绳和主席台之间,已然挤满了人。

从他们手中的照相机、录音机、摄像机可以看出,他们是一群记者。

其实,新闻发布会从来都是由记者唱主角的。

黄飞试图也挤到那人堆中,但被保安人员礼貌地拦住了。

因为黄飞的脖子上,缺了一张由主办单位发放的采访证。

世界上什么都缺,唯独不会缺办法。

于是,黄飞走出多功能厅,径直去了洗手间。

黄飞进了最靠近洗手池的一个小隔间,却并不脱衣解裤。

黄飞在等。恰好在木板壁缝中,可以观察到任何一个方便之后去洗手池洗手的人。

也就十分钟之后,一个大胖子从里走出来,马桶的水声哗啦啦挺响。

他的脖子上挂着蓝色的特制的采访证。

他弯下腰,证件差一点落入洗手池。他干脆从脖子上取下它,扔到大理石台面上,以便尽情地将手和脸洗净。

黄飞一闪身,就从他身后推门而出。

当然,那沉甸甸的采访证,便挂到了黄飞的脖子上。

这回,黄飞以一个记者的身份光明正大地就站在了一群同行中间。

"伍先生,我是《中华房产报》的记者,请问你如何看待人民币增息之后的房价——是升还是落?"一个瘦削脸上戴厚眼镜的中年男子问。

伍秋桐,黄飞第一次如此近距离观察他。

他面色红润,看上去不过六十出头。白发,整齐地向后梳着。戴金丝眼镜,面带微笑。打真丝领带,着纯毛西服,坐得笔直。

一个国民党的前少将长官,现在的华人巨富。

"鄙人此次投资大陆,只想能为大陆同胞谋取福祉。人民币利息调整,事关政府重大国策,鄙人不敢妄论。但以房产市场与供求现状论,我坚信房价依然有上升空间……"

又一人往前挤。一个梳马尾辫的漂亮女记者。

于是,许多的相机和目光都聚焦在她身上。

"伍秋桐先生,当您的'秋桐嘉园'入住户数超过了三分之二,就必须要经过民主程序成立业主委员会。我想请问,您会同意业主委员会炒掉他们不满意的小区物业管理公司吗?"

漂亮女记者还在提问,"咔嚓!咔嚓!"相机的快门声不断,闪光灯使人有些目眩。

黄飞等不及去聆听伍秋桐的回答,挤到最靠左前方的地方,向一位看上去是伍秋桐集团的高级工作人员递上一个信封——

"这个非常重要,必须亲手交给伍秋桐先生!"

然后,黄飞便又挤出了记者群。

这封信会有什么反响,黄飞不得而知。但以黄飞的经验判断,这是最后一个机会了。

如果伍秋桐先生真的看到了那封信并打开它,那它也只不过是简简单单的一行文字:

你女儿的男朋友韩冰要杀死你。我要和你面谈……

2

这是位于朝阳花家地附近的一个四合院。

关于这个四合院,黄飞已从互联网了解过,它是清末一个王爷的小妾住过的旧宅。伍秋桐花了 3200 万人民币把它买下,又花 100 万进行彻底装修。

在大门上,有一块匾,上书:

秋桐听雨斋。

这么大的院子,伍秋桐称它为"斋"!

黄飞被领进一个房间。黄飞一进大院,就可以感觉这儿四处都布下了监

第十二章 游戏开始

视系统。只不过,考虑来者的感受,摄像探头什么的都安装得尽量隐蔽。

但凭着6年特种兵的经验,黄飞已经发现这个大院至少有3处安全漏洞。

这是一间大约有40平米的办公室。

刚刚见过的伍秋桐,现在,坐在足有三米长的巨大老板桌后,神情疲倦。

是的,已经是八十多岁的老人了!一天到晚不知要处理多少公事私事,作为一个商人特别是大商人,他的公司可能叫"有限责任公司",可他本人所承担的却是"无限责任"。

一位四十岁左右的男子,安静地为黄飞倒了一杯水。

黄飞坐在伍秋桐对面的沙发上,尽量不带任何感情色彩地望着伍秋桐。

这是一位见过大世面的老人。

面对这样的人,你不能说废话,更不能说假话。

"黄飞先生?"

"是的。"

"你的信我看了。请详细些说吧!"

"不知伍先生能不能给我多一点时间?因为此事说来话长。我怕您百忙之中不能听完。"

"是这样……"伍秋桐似乎不能决定。他倒不是矜持,而是的确要日理万机。

"伍先生,请务必相信我——我曾经是一名特种兵。我以军人的荣誉担保,您将听到的每一句话都十分重要!"

"是这样?——请讲。"

于是,黄飞从这一年的11月1日开始讲述。

黄飞被陷入圈套。

黄飞逃亡。

寻找肖羽日记。

和罗盘见面。

刘小阳之死。

在蛛丝马迹中寻找韩冰行踪。

网上聊天诱出韩冰。

在麦当劳被韩冰耍弄。

"如沐春风一命散"的存在。

韩冰的下一步计划是要杀死伍秋桐。

……

最后，黄飞说："伍先生，我是来帮您的。韩冰是个变态狂，他已经杀死了一个肖羽，下一个就是您本人。我担心，您的女儿早晚也会难逃其手。"

许久，伍秋桐没有说话。

他的右手指头在厚实的桌面上轻轻敲击，脸上无任何表情。

这是一个久经风雨的老人。

又过了差不多 10 分钟，伍秋桐站起来。

黄飞赶紧也站起身。

"黄飞先生，你是说——韩冰已决定要用什么一命散杀死我？"

"是的，伍先生。"

"他将在何时下手？"

"这个，我的确不知道。"

"他杀死我的理由，就是要早一点拥有我的家产？"

"这是确定无疑的，伍先生。"

"黄飞先生，你现在是什么身份？"

"……"

"你是个杀人逃犯。"

黄飞心一凉。

伍秋桐的眼神渐冷。

黄飞从中读出了一个杀过许多人的老兵的冷酷和坚定。

"所以，你根本就不该来。"

伍秋桐走到窗前。阳光很好。玻璃窗外，是一排白杨树。

195

"你走吧。我是一个商人,我不想介入太多是非。"

伍秋桐回转身,目光冷冷地刺在黄飞的脸上:"送客!"

3

幸亏还有互联网。

黄飞在一家不起眼的网吧,搜索关于"伍秋桐"生平的更多信息。

这个甚至可以说是冷漠的前国民党军官,他为什么就这么无情地将黄飞逐之门外呢?

这一篇文章,或许对黄飞进一步了解伍秋桐有帮助——

台儿庄大捷中的指挥官伍秋桐

来源:新安晚报

伍秋桐,出生于民初,浙籍。少年时代以优异成绩考入保定陆军学校。后逢冯玉祥将军招募学生兵,他报考学兵团并被录取。

后伍秋桐在冯玉祥部历任见习少尉、少尉排长、中尉连长、上尉营长,曾先后与蒋介石和共产党作战。

1938年3月,时任营长的伍秋桐所在30师接到增援台儿庄的命令。3月26日,伍秋桐率三营官兵,乘船渡过台儿庄运河,来到31师设在运河岸边一个大桥底下的指挥所。

31师师长池峰城向增援的176团三营营长伍秋桐亲授命令:"由于敌人从西北角窜进城内,我城内官兵大部分伤亡,现已失去联系,你奉命固守台儿庄!"

伍秋桐受命后,当即挑出40名精壮青年组成敢死队,除装备步枪手榴弹外,另背大砍刀,步枪上刺刀。

天将晚。敢死队在命令声中发起进攻,冲进城门。日军疯狂射击,守门之敌被敢死队逐一击毙。

伍秋桐亲率一个连攻入敌火力封锁区,并推倒山墙与敌作战。混战中,敌我双方竟在同一堵墙两边同时挖洞,隔墙相互夺抢!

伍秋桐所率三营,兵分三路攻入城内。经一夜血战,街道两边日军被伍秋桐营一一歼灭。日军残部被迫撤出,向城西北角溃退。

第二日,城内日军大部被歼。一小部日军被困在城西北角的土围子内负隅顽抗。城外日军集中大炮,轰击伍秋桐三营阵地。

第三日,伍秋桐果断下令迫击炮占领城内制高点,不加药包直接瞄准日军阵地,并架上两挺重机枪阻击日军城外援敌。

然后,伍秋桐身先士卒,冲入敌阵贴身肉搏。40名敢死队员,仅有两名受伤幸存……

台儿庄大捷后,第六战区副司令长官、第二集团军总司令孙连仲亲至台儿庄外,授予伍秋桐"甲种一等嘉禾奖章"。民国报刊也于显要位置刊载伍秋桐营的惨烈战况……

看完伍秋桐台儿庄大捷的往事回放,黄飞的血不禁再次沸腾。

是的。黄飞过去是一名解放军的特种兵,而伍秋桐曾官至国民党少将。他们的差别,就如同他们的年龄一样不可逾越。

但是,在那抵抗外敌入侵的年月,国共两党是一奶同胞的兄弟。

在黄飞的心底,渐渐升起一股对老兵伍秋桐的深深敬意……

4

夜已深,黄飞在那肮脏的布面沙发上坐着。

这家网吧,黄飞年龄最大。

几个小男孩,还穿着校服,正在热火朝天地打游戏。

"喂,老板——能不能帮我找件大衣?"

　　那老板并不老，而是个典型的南方小伙。差不多可以称得上是尖嘴猴腮。他二话不说，走到一间小屋，给黄飞抱来一床棉被。

　　那被子特别是在经常与人脖颈亲密处，漆黑油亮，还散出一股令人作呕的异味。

　　"谢谢。我得歪一会儿。"

　　黄飞把这被子盖到身上，侧躺在了沙发里。

　　奇怪，睡不着。

　　反而，诸多的往事，潮水样冲击黄飞记忆的堤坝。

　　莫名其妙地，黄飞大脑中又重回那一幕。

　　那是 10 年前的一个普通日子。

　　黄飞 22 岁，时任特种部队第三中队一班班长。

　　突然接到命令，要黄飞率领全班火速赶赴某部大院，那里发生一起中尉军官持刀劫持女友的恶性事件。

　　那是一个有着近三千人的部队大院。已是中午时分，却一切静悄悄——部队习惯中午睡觉。

　　在一幢红色的楼前，有大群干部战士神情凝重地三三两两来回走动。

　　很快，黄飞他们就弄清了事情的来龙去脉——

　　那中尉军官毕业于某著名军事学府，时任军务参谋。却有一不可告人的嗜好——嗜臭。这有违正常人的一般喜好，因此他刻意隐瞒自己怪癖，长时间下来竟心态扭曲。

　　他先后谈过四个女友，都因为不堪忍受他的这一怪癖，而先后弃他而去。

　　后来，他终于认识了一个女孩。据说也是最打动他的。女孩正在林业学校上学。

　　今天是个周六。一早，女孩又来营院找他，却是来下绝交书的。

　　于是，这中尉军官顿感绝望，决心铤而走险，干脆持军刺将女孩劫持。

　　案发地点就是二楼一间干部宿舍。

　　全楼的人都已疏散，狙击手也已进入位置。

只要一声令下，从六个不同角度射出的子弹就会将他击毙，但不能确保人质安全。

那间屋子，一片令人不安的平静。

门紧关着，窗帘遮着，里面发生了或正发生着什么不能确知。

但凭着经验可以判断，中尉军官肯定不会正和女孩坐在床上聊天，而是做好了令人一时无法想象的某种可怕安排。

劫持人质，有些是为了达到某种目的，向他人进行要挟；有些就是抱着与人质同归于尽的必死决心，以泄心头之恨。

这中尉军官，无疑就属于后者。

他想死，黄飞不想他死。

为情而死的，从古至今何止千万。但其中，又有多少可以称道？死固然可以无比痛快，但留给生者的或许就是漫长的苦痛。

黄飞不想他死，还因为黄飞更不想那女孩死。他活着，人质才有可能安全。

于是黄飞主动请缨，单枪匹马去和中尉军官一较生死。

从人质被劫持，到此时已经四个小时过去。中尉所在部队的官兵十分矛盾，因为他毕竟是同他们朝夕相处过许多时日的战友。而现在，他已经疯狂，十分危险。

他们对他的行为感到耻辱，同时又十分惋惜。他才20多岁，他的才能还没有施展就将结束自己的政治和军事生命。

在众人焦灼的目光中，黄飞轻轻地走上二楼。

每一步，都轻轻的。

但每一步，都震得人心坎生疼！

205房间。

黄飞轻轻地敲了敲门。

没有人应。但黄飞似乎听到了女孩压抑着的呻吟声。

黄飞又敲了三下。

然后，黄飞喊了一声中尉军官的名字。然后，黄飞接着说："大哥！求你放了她吧。我是她的男朋友,我愿意来换她!"

过了十秒钟,仍无反应。黄飞接着说:"大哥,这事与小梅无关。是我要她今天来跟你断了的。我是她林校的同学。"

屋里仿佛有了些动静。

黄飞心蹦到嗓子眼,有些紧张,但仍努力平静地冲屋里问了一句:"这样做,你还是个男人吗?"

凡是有怪癖的,都有人格不完整的一面。正因为如此,他们才会沉湎于某些虚幻的世界。黄飞要做的就是用语言狠狠刺激他。

一个沙哑的声音在屋里传来——

"门——没锁。"

黄飞迟疑了一下,终于把门推开。

屋里,两个人。

却相距至少四五米。

这不是劫持人质那种经典场面——将刀子架在人质脖子上,声嘶力竭。而是,中尉军官平静地坐在一张木板桌前,在缓慢地写着什么东西——难道会是起草年终总结?一把寒光闪闪的军刺,孤独地躺在桌边。

女孩坐在床上,双眼惊恐地看着黄飞走进来。她的双手被绑在身后,不过绑得好像并不紧。

黄飞只扫了一眼,就明白了——

一根白色电线系在床档上,一颗乌黑的手榴弹拴在她的腰上!

电线一端,系着手榴弹拉环。

中尉抬头,双眼充血,死死盯住黄飞看。

女孩嘴里想发出什么声音,但被胶条缠着,只好痛苦地埋下头又抬起脸。

她不能站起来,更不能跑。手榴弹沉默不语。但它一旦爆发,整间屋子将会血肉横飞,一片狼藉。

中尉这样做,其实是把自己的命也交到了小梅的手上。

如果小梅选择死,他当然也必死无疑。

这是种非典型劫持人质手法。

只有一个求死的人，才会这么做。

"你放了她——我换她。"

黄飞穿着刚刚紧急从家属院借来的白色运动鞋。鞋有些紧，抠得大脚趾有些疼。牛仔裤也紧绷绷的，黄飞习惯了肥大宽松的黄军裤。白色文化衫，上面印着一只卡通猫。这装束，倒很像一个大三或大四男生。

"你——不怕死？"

中尉声音沙哑，从喉咙深处挤出这几个字。

"怕。但为了小梅，我愿意！"

黄飞故意将胸往上一挺，双手往前平伸，一副任其宰割的样子。

中尉右手在那柄足有 30cm 长的军刺上抚摸了一下。然后，他叹了口气。

"下面，很乱吧？"

他忽然这么问。

他不用下去也可以知道，楼下焦急等待的正是他的首长、同事和战友。

黄飞点点头。

他竟又长长地叹了口气。

他从桌子后面站起来。比黄飞要高出一个头！他又看了一眼军刺，估计因为黄飞太瘦削，所以他没有拿。

然后，他朝黄飞这儿走过来。

这样，他就必须要经过窗前。

一步。两步。三步。

他、窗户还有黄飞，构成了一条直线。

黄飞猛地拼力一跃，双臂死死锁住他的脖子，借助惯性硬是将他撞出窗外。

当然，摔出窗外的还有黄飞自己。

"咣当！"碎玻璃满地。

"咚!"两个男人的躯体差不多同时落地。黄飞他们是从二层楼上摔下去的。

落地的一瞬间,黄飞听到几乎无法分辨的一声"咔嚓"轻响。

军人们先是愣了一秒钟左右,然后疾冲过来,死死把中尉摁到地上。

有人冲上楼,解救人质。

黄飞的右臂,有血往皮肤表层渗透——骨折了。

这个故事不传奇。

黄飞只不过是完成了自己的任务而已。

中尉没有死,而是被军事法庭判处有期徒刑8年。

10年过去了。现在,他该出狱了。

他现在身处何方,活得如何,已彻底与黄飞无关。

黄飞只是一名士兵,一个工具。

小梅后来给黄飞写过一封长信。现在也不知去往何方了。

是的,黄飞只是一名士兵,一个工具。

但那是当年。黄飞现在甚至都不再是一个有用的工具——黄飞是一名逃犯!

"哗哗啪啪",敲击键盘声不绝于耳。

黄飞的思绪混乱。

不,黄飞是一名战士。黄飞曾经是一名优秀的战士。黄飞不能就这么靠回忆打发时光。

黄飞在特种部队时,之所以优秀并不是因为体魄,而是大脑。

运用大脑战胜敌人,才是真正的特种兵。

黄飞一跃而起,在孩子们诧异的目光中走出网吧。

夜好冷。

但天也将明。

黄飞心中,一个人的名字电光般再度闪过——伍秋桐。

5

11 月 17 日。

夜 8:00。

"秋桐听雨斋"的院门开了。

一个身高 178cm 的年轻男子走进来。

先前给黄飞倒过水的中年男子,面无表情地将其往里迎。

然后,两人站在了伍秋桐的房门前。

"咚——咚!"中年人轻叩厚重的门板。

"进。"

于是,中年人推门进来。

苍老的伍秋桐,从巨大的办公桌后站起来,凝视来者足有好几秒,然后伸过手同来人握住:"韩冰——韩先生?"

"是。您就是伍老先生吧?"

中年男子正欲张罗倒水,伍秋桐一摆手,他便无声地退去了。

伍秋桐亲手为韩冰和自己倒上两玻璃杯矿泉水。

韩冰欠起身,表示谢意。

伍秋桐重又坐在那宽大的真皮软椅上,双目开始有光。

"韩先生,你知道我为什么请你来吗?"

"伍先生,我只知道一点——您计划回新加坡长住,可能以后很少再来大陆,所以临走想和我谈谈。但您想具体谈什么,我就不知道了。"

"哦——"伍秋桐用研究的目光盯在韩冰的脸上。

韩冰的脸,足以令所有女人动心。特别是他浓眉下的眼神,冷峻而深邃,甚至可以认为是蓄满深情。

"你能不能告诉我,是哪个学校毕业的?"

"北方体育大学,散打专业。"

203

"你很优秀。"伍秋桐身体往前倾了倾,喝了一小口水,接着说,"可是,我反对你和伍媚来往。这一点,你一开始就应该知道的。"

"是的。"韩冰平静而谦恭地答。

"那你为什么不离开她——或者,让她离开你。"

"伍先生,伍媚已经离不开我。"

"那——我有一个好建议。"伍秋桐右手托在腮上,双眼柔和地看着韩冰。

"韩先生,世界上从来不缺方法。"伍秋桐伏下身,从办公桌抽屉里取出一样东西,搁到桌面。

那东西砖样整齐结实。

是一叠崭新的美钞!

伍秋桐把美钞往前轻轻推了推,语气温和地道:"这是 10 万美金。不多——但也不少了。"

"您的意思……是要我放弃伍媚,为了这些钱?"

韩冰的眼里有光一闪而过。但那只是瞬间的事,常人绝难察觉。

伍秋桐站起来。

"我老了。我去洗手间,失陪一下。"

伍秋桐搓了搓手,绕过大沙发,去了另一个房间。

韩冰面无表情。

在大办公桌上,一只高而细的玻璃杯安静地立在那。大半杯矿泉水透明的,反射着祥和的冷光。

韩冰面前的茶几上,放着同样的玻璃杯,盛着同样的矿泉水。

韩冰开始行动了。但他的动作极小。

他略一侧身,然后伸过右手,在伍秋桐的玻璃杯上方轻轻地弹了弹。

于是,白色细粉漂在水面。稍一停留,它们就渐渐下沉,然后无影无踪。

韩冰很满意。他将一只小拇指大小的空玻璃瓶放归西装口袋。

他的西装是纯毛料的,剪裁得体。鲜艳的真丝红领带,在伍秋桐的屋里,却有种张扬的不祥之气。

韩冰端起自己的杯子,对着灯光仔细地研究。他眯缝着眼,嘴角有一丝不易察觉的冷冷笑纹。

伍秋桐终于回来了。

他坐到巨大的办公桌后,端起玻璃杯,饶有趣味地把玩。

他的手指轻轻地在杯壁敲击,杯中水随之有节奏地晃动。

这样更好。——韩冰一定会这么想:有助于药物溶解。

韩冰亲眼看到伍秋桐将杯中水呷了一口!

韩冰那丝冷冷的笑意于是稍稍扩大了些。

"做好决定了吗?"

伍秋桐放下杯子,认真地问。

"做好了。"

韩冰坐得更直了些。

他望了一眼那堆钱,这回是真的微笑了。

"伍先生,我当然会拿钱的。"韩冰也轻轻呷了一口水,然后接着说,"可惜,我一贯胃口很大。"

"你的意思是,10万美金——也就是差不多80万人民币,也不能令你动心?"

"没错。我所要的更多。"

"年轻人,我已活了86岁了。我是个老人。你如果不介意,我愿意送你一句话:小钱靠挣,大钱靠命。你认为你有那种命吗?"

韩冰笑出了声。——伍秋桐,这一回喝了一大口!

"伍先生,谢谢你的教导。我从来都非常自信,因为在我这三十来年的经历中,没有遇到一个人比我更聪明。一个聪明人,有权拥有他想要的。"

伍秋桐被这个不识好歹的年轻人所激怒,他这回是将杯子里的水一饮而尽!

伍秋桐的手指在微微发抖。他压住内心的怒火,对面无表情的韩冰道:"请你出去,我不想再浪费时间。"

伍秋桐抬起头,正想喊一声"送客",韩冰轻声打断了他:"伍先生,既然

205

请我来,又何必要不欢而散呢?"

他盯住伍秋桐有些浑浊的眼,接着冷冷地道:"你快死了。我们得抓紧时间把话说完。"

"是,我86岁了。人难免一死。所以我更不想浪费时间,恕我不送了!"

哈!——哈!哈!韩冰竟突然大笑起来。

"有一种毒药,名叫'如沐春风一命散',你听说过吗?"

伍秋桐一脸茫然。

"当然,知道它存在的人,全世界不会超过5个。正因为如此,我已把它下到了你的杯中。现在,毒性已经开始发作,再过10来分钟,你我就不在同一个世界了。"

渐渐地,韩冰的脸扭曲起来,他仿佛是陷入了某种痛苦而可怕的回忆,恨恨地咬着牙道:"我要毁了所有阻止我的人!"

伍秋桐的脸色已经大变。

但他毕竟久经沙场,竟也放声大笑起来!

"小娃娃,你竟开这么恶俗的玩笑!毒药,哪一样不是叫人死前痛不欲生?!可老夫,现在心情极好——"

突然,伍秋桐张口结舌说不出任何话来,他额上开始有大粒的汗珠渗出:"你是说,这药叫'如沐春风……'"

"所以,你将死得很惬意。"

韩冰看到伍秋桐颓然倒在椅子里,然后又挣扎着站起来:"韩先生……给我解药。你说,你要多少钱?"

"对不起。伍先生,这种毒世界上无药可解。也就是说,你必须死。"

伍秋桐突然向门边奔去。

可是,韩冰已早他一步将门抵住:"伍先生,我是个有礼貌的人。我不希望你逼我做出什么出格的事。"

韩冰的眼里,有凶光在闪。

伍秋桐被韩冰挟持着,无奈又坐到椅子上。

"韩冰……我活了 86 岁了,也可以死了。我有一件事,想问问你。"

"可以。我从不会拒绝一个死人的要求。"

"在我女儿之前,你曾经有一个女友是不是?"

"是。"

"她死了。被网友杀死了是不是?"

"是。"

"我想知道,她是怎么死的?"

韩冰脸色骤然一变,他把脸凑到伍秋桐跟前,恶狠狠地问:"你问这个干什么?"

"你要原谅,一个老人也会有好奇心。"

伍秋桐平静地回答。

沉默了一会儿。

韩冰把掐在伍秋桐脖子上的手移开。他笑了一下,开始在屋里来回焦躁地踱步。

"是的,老头儿。临死前,我就满足你这个愿望。肖羽——是我杀的!"

韩冰开始进入某种奇怪而令人恐怖的状态。他的手哆嗦着,大口咽着唾沫。

然后,他用压抑着的声调开始断断续续讲述。他的样子极累,仿佛有些心力交瘁。

"那是 11 月 1 号。我去找肖羽,我要彻底解决。她不同意离开我,还说已怀上了我的孩子!"

韩冰的双唇不停地颤抖,似乎很冷。他的脸色苍白,又夹杂着因为亢奋而涌出来的潮红。

"我就杀死了她。她连喊都来不及,就死了。然后,我就在 QQ 群等。等一个替罪羊出现。"

韩冰转过身,面对着一时间仿佛突然变成 100 岁的伍秋桐,面带诡异笑容道:"我就料定那人一定会出现。我冒充肖羽跟那家伙聊——他那么迫不及待,却不知自己正在跟死人交谈。"

韩冰又用力咽下一口唾沫,手指抖动得更加厉害:"设下陷阱的猎人,心情会比可怜的猎物更激动。我一直在那儿等,我怕他是说说而已不会真来。30分钟左右,他真的来了,还提着一瓶张裕干红!"

"真巧妙……"伍秋桐不知是佩服还是嘲讽,轻声评论道。

"你不会想到,我一直等到他进了屋,才轻轻走掉。我现在还清楚记得他为了能马上见到女网友而焦急亢奋的表情。哈——哈哈,他是在同一个死人约会!"

"然后呢?"

"然后,我就报了警。"

韩冰的表情平静了些。手指也不再颤抖。仿佛想起什么,他抬腕看了一下表。

突然,韩冰绝望地高声喊!

"你——骗了我!"

6

黄飞和韩冰,绝对是在同一时刻做出了反应。

黄飞躲在木柜中,一个字不差地听完韩冰所有的话。

当黄飞听到"你——骗了我"时,黄飞就知道韩冰已经明白自己中了圈套。

于是,黄飞差不多是撞开柜门,奋力冲出去。

"咣!"一声巨响。

宽大的玻璃窗被韩冰撞成粉碎。韩冰已经破窗而出!

他脚未站稳,一个皮肤黝黑的中年男子一个箭步上前就要按住他。

韩冰身子一滚,中年男子扑了个空。

韩冰已经站起来,一脚踹在中年男子的心窝。然后,韩冰如同狼般翻过院墙。

"轰！——轰！轰！"摩托车引擎发动的声音传来。

韩冰早有准备！他甚至都提前藏好了摩托车。

就在韩冰跃上院墙的同时，黄飞看见中年男子一摆手，一道亮光飞闪而过。

黄飞从破窗户跨出去，将那位老兄扶起。

这是典型的东南亚男人，瘦小却有力。而且，一看就是练过真功夫的。

"他已经中了我的飞镖……"中年男子受伤不轻，他为韩冰的逃脱感到有些羞愧，向黄飞解释道。

"是不是毒镖？"黄飞赶紧问。

"不是。"看到黄飞有些失望，他又补充一句："我这镖也是特制的——它有倒刺。"

7

一只盛满水的细高玻璃杯，静静地立在巨大老板桌底下的文件柜上。

刚才在把玩这只水杯时，伍秋桐将它与另一只提前备好的水杯调换了。

现在，它是罪证。

当然，更多的证据是翔实而生动的——从韩冰一跨入这间屋子，在某些角落的摄像探头就开始一丝不苟地工作。

甚至，有一个探头还对韩冰弹药粉的手指进行了细致的特写。

另外，在办公桌一侧，一台世界上性能最好的录音机，完整而准确地记录下了韩冰每一句话。

"黄飞先生，谢谢你！"

伍秋桐老先生果然是久经场面。

他站在黄飞面前，平静而真挚地对黄飞道。

"其实，最该感谢的是伍先生。"黄飞同样平静而真挚地对伍秋桐道，"是您的信任，帮助我彻底洗脱了罪名。"

第十二章　游戏开始

"黄先生，我有一个请求。"

"您请吩咐。"

"陪我喝一杯。"

有几个人正在中年男子带领下，收拾打扫碎玻璃。

伍秋桐轻轻把厚绒窗帘拉上。于是，窗里窗外又是两个世界。

伍秋桐在桌下按了某个摁钮，办公桌后面整堵墙壁竟然无声地打开了！

一间密室，并不大，也就15平米左右。

里面，亮着昏暗的灯。地上，是厚厚的猩红色地毯。

两只真皮黑沙发。一只黑色大理石面的茶几。

一架做工考究的木柜，上面摆放着各式的酒。

一柄短剑，静静地悬挂在白墙上。

黄飞坐到沙发上，感谢伍老先生如此信任自己。这个世界上，知道并能进入这个密室的，应该不会超过10人。

那么，黄飞现在是这位华人富豪最信任的人之一了。

一瓶酒，被伍秋桐递到黄飞跟前。

是洋酒，英文字母黄飞不认识。

"黄先生，这瓶酒距今已有100年，是我的一位好友送给我的。美酒，只有和英雄共饮才痛快。"

"谢谢！"黄飞爱酒。黄飞也能品酒。

伍秋桐为他们俩各倒上小半杯。

然后，他们碰杯。

酒清洌，入口柔和之中又刚烈似火。果然好酒！

"黄先生，我这一生可谓历尽风雨。前半辈子打仗，九死一生；后半辈子经商，也是险象环生。如今已是去日无多！"

伍秋桐陷入深深的感慨之中。

一位老人，一位杀过敌又大富贵的老人，想必比我们普通人有着更多的人生体验。

以黄飞的年龄和阅历，黄飞知道自己只是一个倾听者。

"我有三子。可惜都志不在经商。长子从政，现在台湾任某市市长，也该退休了。次子从教，是新加坡国立大学哲学教授，著述颇丰。三子，移居美国，是位化学家。"

伍秋桐喝一口酒，接着说："我唯一的女儿，名叫伍媚，是我第三位太太——我前两位太太都已不在人世——所生，却给我带来麻烦最多！"

黄飞也想了解些关于伍媚的事，于是喝一大口酒认真听伍秋桐继续诉说。

"此女幼时就顽皮，不服管束。但又天资聪颖，对新生事物一看就懂一学就会。最重要的是，唯她有意继我衣钵，在商界发展。"

伍秋桐的眼里涌出些许爱意。一位老人已知不久于人世，所以对儿女的感情既醇又深。

黄飞端杯，却发现酒已空。

伍秋桐依然停留在自己的思绪，忘了为他们添酒。

这酒，怕是黄飞此生喝不上第二回的。

于是，趁着为伍秋桐添酒，黄飞为自己也斟上大半杯。

"可是，在5年前……"

伍秋桐声音低下去，脸上表情渐渐被痛苦所掩。

"我收到一个邮件，是陌生人所寄，并注明非我亲启不可。当我拆开信封，里面的内容使我备受打击！"

黄飞明白那有可能是一封敲诈信，但内容非黄飞所能想象。

果然如此。伍秋桐苍老的声音，在狭小的密室缓缓响起："那是一组照片，上面的内容有违正常的人伦。伍媚……她赤身裸体，自愿任人鞭打……"

原来如此——

韩冰是个虐待狂。

伍媚是个受虐狂。

他们相遇了，于是疯狂与罪恶从此产生。

黄飞想开口，伍秋桐摆摆手，示意黄飞什么也别说。

他缓慢地站起来，从墙上取下那柄剑。近距离一看，才知这是世所罕有

211

的好剑！冷冰冰的剑锋，有寒光在溢动。

伍秋桐双手托着剑，却神情黯然："剑，可以不朽。你看它虽已铸就多年，如今依然可以重上杀场。而我，却垂垂老矣！"

黄飞说话了。

"伍先生，我倒有个浅见，不知可有道理：和平时期，再锋利的剑其实也是英雄无用武之地。所以，再名贵的宝剑此时也已老去，而伍先生您，却由沙场到商场，为苍生谋取福祉，不仅个人累积了财富声名，更推动了历史的发展。从这点来看，伍先生岂可与剑相提并论？"

黄飞看见伍秋桐难得一笑。

"堪称高论。"他放下剑，突然换了一种腔调，仿佛老父对他最小的儿子深情地说："孩子，我老了。黄飞——希望你能帮我！"

第十三章　也是大结局

1

四个结实的汉子,把黄飞熟练地摁到地上。

然后,将黄飞双臂用力扳到身后,并"咔嚓"一声利落地上了手铐。

黄飞整个身子趴在冰冷的地上,脸自然就必须贴地。有一块石子样的硬物,恰好硌在黄飞的左腮,令黄飞痛苦不堪。

燕子吓坏了,捂着脸,不敢看这一幕。

伍秋桐平静地望着黄飞,站在那儿一动不动。

黄飞在伍秋桐和燕子的目光中,被四条汉子差不多是提着,拐了好几道弯,然后扔进一个铁屋子。

剩下的事,是燕子后来跟黄飞说的。

华天雄正在外面办案,闻讯匆匆赶回。

他和燕子认识。当然,比起燕子,华天雄更熟悉黄飞。华天雄的胳膊仍吊着绷带,但看来已在愈合期。

在接待室,华天雄与伍秋桐四目相对,各自都在心里称量了一下对方。

213

伍秋桐递上一张名片。

华天雄接过,飞快地扫了一眼。他立起身,双手伸向前去,与伍秋桐紧紧一握。

"伍老先生,关于这个案子最新进展,我的同事已经向我汇报过了。我们会按法定的程序来办理的。"

"华天雄警官,我相信警方会很好地办理这个案子。我只有一个请求,那就是现在放了黄飞——取保候审。"

伍秋桐的语调平静,却又不容置疑。

"华警官,黄飞是无辜的!他是被人陷害的!"燕子差一点激动地喊起来。可在两位长者面前,她意识到自己尚无任何发言权。

但伍秋桐还是赞许地冲燕子点了点头。

"华天雄警官,韩冰才是杀死肖羽的唯一凶手。而且,他还要谋杀我——证据,已经全部交给了你的同事们。"

伍秋桐停下来,从真皮公文包中取出一只长方形的薄夹子,从中取出一张空白支票。

"华天雄警官,我愿意为我的朋友黄飞担保,不知需要多少钱——钱,不是问题,我可以为他支付不超过我全部资产的任何数目。"

他从西装口袋中取出一支镀金高级钢笔,看着华天雄因为疲倦略有些红丝的眼:"你说一个数目,我可以现在就填。"

"伍老先生,这不是钱的事。"

"哦……我明白了,我现在就可以给我的朋友们打电话。你知道,我这个人,朋友是很多的。"

华天雄明白眼前的这个老头儿,能量如其所言,足能通天。他微微一笑,道:"伍老先生,你误会我华天雄的意思了。韩冰固然现在就可以认定是杀死肖羽的嫌犯,但并不能认定他就是唯一的。黄飞杀没杀人,我们必须还要通过工作来证明。"

"什么警察!"燕子愤怒了,顾不上这是警察局,高声用哭腔道,"黄飞他本来可以一逃了之,可他冒着那么多的危险,帮助你们警方把韩冰挖

214

了出来。你们没有能耐抓韩冰,却把好人黄飞关进大牢! 你们是什么警察啊? "

华天雄抽着一根烟,半天无语。燕子也觉自己有些失态,便以纸巾拭泪以掩窘态。

"我愿意告诉你们,我和黄飞的关系,曾经奋斗在同一条战壕里。那是战友之情,没人可以抹杀。我从个人情感上来说,当然愿意相信黄飞没有杀人,他是被人陷害的,他还是我的好兄弟。而事实上,从肖羽被杀的当天晚上,我们就怀疑杀人凶手可能不是黄飞,而是另有其人。"

伍秋桐和燕子一听这话,都表情严肃地听华天雄接着说下去。

"因为就在肖羽被杀不久,就有人拨打110报警。但这个人不让我们知道他的身份,匆匆挂断了电话。以我们的经验,报案人一定有自己的隐情。而且,房东一家当时就在隔壁看电视,他们不仅没有听到肖羽被杀时的任何动静,反而是警察赶到以后才知自己家出了命案。"

华天雄把烟灰往一只一次性纸水杯中弹了弹, 进一步分析道:"以我对黄飞的了解,我相信黄飞还不至于傻到在凶器上刻下自己的名字。"

燕子又忍不住插言道:"你们警察就知道抓黄飞! 难道不可以从肖羽的日记里找到线索? 我敢打赌,肖羽日记一定写满了韩冰的名字! "

"日记? "华天雄一头雾水,迷惘地盯着燕子因激动而涨红的脸。

他猛吸一口烟,把小半支烟用力摁到水杯里去:"我们没有发现日记啊! 我明白了。是韩冰——他杀死了肖羽,拿走了日记。"

伍秋桐一直坐得很挺。他仿佛是在开战前动员会,华天雄和燕子分别是作战参谋和机要员在向他汇报战情。

华天雄左手轻轻抚摸了一下骨折的右臂,然后很清晰地对着伍秋桐说:"我们一开始就怀疑还有人躲在暗处,可我们没有任何线索,所以找不到这个人。于是,我们只好采用最常规的方法:抓到黄飞,排除或确定他是不是凶手。我承认,黄飞很聪明,他弄到了肖羽以前的日记,并迫使韩冰浮出了水面。"

华天雄站起来,这是一种谈话就此为止、他将送客的表示:"我是这个案

第十三章 也是大结局

215

子的负责人。我可以负责任地说一句——"华天雄伸过手去,同伍秋桐和燕子分别用力握了握,"黄飞,应该是无罪的。"

2

重新拥有自由,是什么感觉呢?

黄飞在小时候,夏天常和小伙伴光着屁股到河水里嬉戏。

他们比赛潜入水底,看谁憋的时间长。

在水底,他们屏住呼吸。实在忍不住,就用手把鼻子和嘴巴紧紧捂住。

他们喘不过气来,脸蛋被憋得通红。在水底,黄飞甚至有好几回产生了绝望的感觉——就要死了。大脑因为缺氧开始一片空白,差一点丧失意识。

但他们忍着、憋着,他们挑战着各自的人体极限。

最后,他们终于憋不住了。他们从水底拼命地钻出水面,那动作笨拙而丑陋,酷似某种水中怪兽。

于是,他们看到崭新的一个世界!

明媚的太阳,清冽的山风,苍翠的高树,无垠的碧草!

更重要的是,可以自由地呼吸。

呼吸,是我们常人最容易忽略的权利。我们生下来,就能自由流畅地呼吸,我们从来不把能够呼吸当成什么了不起的壮举,我们从来没有想过要感谢无处不在的空气。

但是,哪一天呼吸停止了,我们就停止了生命。

我们时常可以听到年轻的朋友慨叹:郁闷!

那只是郁闷而已!

如果让你窒息呢?!

可以这么说,这些天,黄飞带着负罪之身四处逃亡,黄飞没有一刻拥有过顺畅的呼吸。黄飞惊恐、焦虑、狐疑、绝望、愤怒、沮丧……

如果这样的日子再延长一天,黄飞不知自己是否还能挺下去?

也许彻底崩溃！

所以，当警察将黄飞的手铐打开，黄飞便深深地从胸膛呼出了一口气。

然后，黄飞眼前一亮。

一个新的世界，就在前方！

3

这是一家谈不上多么奢华的干净又安静的小饭馆。

黄飞和华天雄，就他们俩。

这是一个包间，他们涮着羊肉。

华天雄的右臂依然缠着绷带，便用左手握筷在锅里捞。

黄飞好心地为他夹着已烫熟的羊肉："老排，01，我把你的手弄成这样，你一定很恨我吧！"

华天雄有神的眼睛盯住黄飞，反问道："你说呢？"

"恨。而且是应该的。谁叫我黄飞把你的手臂……"

"其实，你错了。"华天雄的话使黄飞一时不解。他又说："那天在墙下，你完全可以用砖头砸我别的地方，比如脑门儿，比如脸面。你当时迟疑了那么一刹那，我是完完全全地感觉出来了。我相信，你那时一定不会想到抓住你脚踝的会是我，虽然我知道我所追捕的人叫黄飞。你能把对警察的伤害降低到最低限度，这说明你小子还有人性，嘿嘿！"

"嘻！"华天雄吐出一口气，豁达地继续道，"当时，不是你死就是我活的，谁都拼尽全力了。而且，你应该也不知道是你的老排亲自和你过不去啊？不谈这个了，你能用自己的智谋和努力，证明自己也是个受害者，这就十分了不起了。老战友，02，来，喝一杯！"

黄飞脸红了。其实，黄飞现在真希望华天雄拿脚踹自己，好让自己觉得他已有所补偿。

"说起来，我还得感谢你呐，黄飞。"

黄飞又一怔,华天雄哈哈一笑道:"骨折过的地方,一旦痊愈力气会成倍增长。所以,你小子下回再也别想跑出我的手心!"

黄飞也哈哈一笑,连忙举杯:"老排,我哪敢还跑?喝酒!喝酒!"

黄飞和华天雄都将杯中酒一饮而尽。

华天雄忽然很神秘地问道:"你可是我们特种部队第一小分队的02啊!跟老哥说一句真话:假如命中注定你要倒霉,你历尽千辛万苦就是无法证明自己清白,那你会束手就擒,接受这残酷现实吗?"

黄飞沉吟了一下,缓慢而坚定地道:"老排,你一定是想我说真话。我黄飞的性格你是知道的。一日不能洗脱罪名,我就一日不会放弃!假使被警方缉拿归案,我也会找机会拼死逃脱,哪怕越狱也在所不惜!因为,我是02,我是退役特种兵!"

二人久久没有说话。干杯!酒中自有深情与理解!

华天雄的手机来了短信。他从腰上取出手机看了看,表情严肃起来:"黄飞,我们都是特种部队出来的,过去在一个战壕里摸爬滚打,感情胜过亲兄弟。虽多年失去联系,可是彼此感情不会因为时间而淡漠。俗话说不打不相识,我追捕你紧迫了,这也是我的职责使然,对不住你的地方多担待。今次重逢了,以后见面机会必定不少。我得先走了,02,谢谢你的请客!经历这场磨难,好好调整休养一下,我们都还年轻,还要做一番大事呢!"

黄飞知道,华天雄作为重案组组长,工作强度大,日程安排紧。黄飞请客,他能拨冗接受邀请已使自己很快意了。

黄飞忙送他出包间门,华天雄握住黄飞的手:"刚才接到线报,有人发现韩冰了。"

4

这几天,如果你登录互联网,几乎各大门户网站都有如下消息——

变态狂布下连环迷阵诱人替罪
嫌疑犯历经千辛万险自证清白

本报讯：发生在 11 月 1 日的女网友被杀一案，相信不少人记忆犹新。就在案发不久，警方即锁定当晚与女网友肖羽网上聊天并约好见面的前特种兵黄飞，同时悬赏 5 万元发动群众协助将其捉拿归案。

然而，昨日记者从警方获知最新惊人消息，黄飞竟是被人设圈套陷害：当夜他赶到女网友住处时，对方早已经被杀身亡！

黄飞不甘心做替罪羊，历尽艰险取得肖羽日记，并以此设计诱使真正的杀人疑凶韩冰浮出水面。根据警方目前掌握的证据表明，肖羽曾是韩冰的女友。后韩冰结识新加坡某著名富翁之女，为彻底甩掉肖羽竟残酷将其杀害。

韩冰作案后，并没有马上逃离现场，而是以死者肖羽名义与人聊天，并成功诱引黄飞到肖羽住处见面。然后，韩冰拨打 110 报警，使得警方很快就将目标锁定黄飞。

另据警方透露，韩冰还涉嫌一桩谋杀未遂案。

韩冰，男，身高 178cm。长相英俊，男中音，声音有磁性。有收藏与死人有关物品的怪癖。有知道韩冰线索者，请及时拨打××××××××。线索确有价值的，可获 5000 元至 1 万元奖励。

（来源：《北京晚报》记者周小望）

看来，韩冰还没有黄飞值钱。

黄飞当初可是被悬赏 5 万元人民币的。

还有一则专访。

第十三章 也是大结局

我们只有自己救自己

——访曾被怀疑残酷杀害女网友的前特种兵黄飞

本市 11 月 1 日发生在海淀高村的女网友被杀惨案,曾经是互联网上点击率最高的新闻事件之一。据不完全统计,该案曾创下一周内网友发表评论 230000 条的纪录。

然而,正当大家都以为杀人凶手就是黄飞时,这名前特种部队优秀班长,凭着惊人的毅力和超人的智谋,自己证明了自己的清白,并使得杀死女网友的真凶露出水面!

几经周折,记者终于和黄飞面对面坐到了一起,并展开了以下访谈。

记者:你能描述一下在这件事发生之前,日常生活中的你是什么样子吗?

黄飞:一个普普通通的人。我从部队退伍后与朋友合伙开公司,但是也没有挣到什么钱。我谈不上成功,也谈不上失败。但有一点,我是个安分守己的人。

记者:什么原因促使你经常上网聊天,并认识了被害人肖羽?

黄飞:对不起,恕我冒昧地更正一下……我从来都不认识肖羽……当我知道世界上有这个人的存在时,她已经不幸被害……上网聊天,是因为空虚。其实,凡是老离不开 QQ 群的人,都或多或少有病。这件事,我从中得到了诸多有益的教训。

记者:在逃亡过程中,你感受最深的是什么?

黄飞:那就是绝望。无处可去,你百口莫辩。——就是这样。另外,我懂得了许多。我是幸运的,我没有杀任何人,可如果我真的是个凶手呢?我就无法再重新来过了。想起这一点,我就后怕。同时,我又坚信一点,再黑暗的地方也会有光明。在逆境中,我们只有自己救自己!

记者:你此时最想说的话是什么?

黄飞：……我要感谢一个人。我不能说出这个人的名字。我是真挚地表示感激……许多的付出要用一生来回报。

……

记者：以后有什么计划？

黄飞：我想好好地休息休息。我太累了。但我所说的休息，并不是就此彻底地什么也不干，整天打牌睡觉什么的。如果有可能，我想做一名志愿者，不取分文为社会做点事……

（来源：《北京青年报》记者程小捷）

5

夜已深。

黄飞他们这一群人玩得真的有些疯了。

当然，黄飞没有。因为，劫后余生，黄飞学会了适可而止。

张伍喝得吐了两次，回来眼角挂着泪，依然抓起酒瓶往口中灌。

"黄飞！大难不死！必有后福！！"

他语无伦次，却十分真诚。

还有林菲，这个黄飞曾用欺骗的手段，在她宿舍睡了一觉的女孩，心情出奇的好。当燕子还钱给她并讲述了黄飞的故事后，她的眼足有10分钟都是瞳孔放大，然后有泪水涌出。

她死活不要那600块钱。燕子说这是黄飞临走安排的，如果她不要，黄飞以后可能就不会再见她，林菲才把钱收下。

黄飞本来想喊公司楼下那位开小卖部的老哥，也一起凑个热闹喝杯酒。但一想他从乡下来的，恐怕不适应这个氛围，也就作罢。案发当晚，黄飞骗他往公司送方便面，差点害他被警察给抓走。

为了庆祝黄飞终于重归自由，或者说，是黄飞为了感谢这些或新或老的朋友，在逃亡过程中给予自己的帮助，黄飞安排了这次聚会。

第十三章 也是大结局

221

奇怪的是,这帮男女竟一致要求把地点安排在滚水迪厅!

无奈,这时只有主随客便了。

于是,黄飞便在这儿开了个包间。外面是震耳欲聋的迪曲和尖叫;黄飞他们这儿可以喝酒聊天唱唱卡拉OK,当然也可以尽情地扭一扭。

林菲就拿着个啤酒瓶,在那儿欢快地蹦跳着。

一会儿,她跑过来,热情地把燕子拉过去。

燕子羞涩着,也跟着扭动着好看的躯体,却不怎么放得开。

还有一个人,黄飞看她如此郁郁寡欢,不禁心痛。

——何楠。

她的一瓶酒还未下去一半。她努力把心情调整到和黄飞他们同一个频道,可一些不可去除的往事使她无法开心。

因为刘小阳?

是的,因为刘小阳。

黄飞经过不懈的努力,证明了自己是无罪的。而这出戏中的另一个角色——刘小阳,却没有黄飞这般幸运,他的生命永远地终结在了冰凉的百年古井中。

黄飞走过去,坐到何楠的身边。

她,就如同是黄飞乡下的小妹妹!

黄飞也一时不知说什么好。

黄飞举起瓶子,和她的轻轻撞了一下,然后仰脖喝下一大口:"何楠,今晚你能来——谢谢。"

"黄大哥……祝贺你……重获新生。"何楠轻轻地抿了一口酒。黄飞听得出,她的话是真诚的。

"你看——"黄飞望着窗外,有几点寒星在眨眼。

"天快亮了。明天,你准备干吗?"

何楠有些快活起来,她回答道:"上课啊。学生嘛,除了上课还能干什么?"

"那倒是。不过我当年最不喜欢的事就是上课。所以小学六个年级,我整整上了七年。——有一个好处是,我的基础知识比任何人都牢固!"

何楠"噗"地喷了一口酒,然后捂着小腹笑得喘不过气来。

6

天开始亮了。

"他们都走了。"燕子说。

"都走了?都干吗去啦?"黄飞酒喝得有些多,舌头都不太利索了。

"张伍和林菲,这两个夜猫子!不回家睡觉,说要上网聊天去。"燕子拍了一下黄飞的肩,"黄飞,你准备干吗去?"

"反正……"黄飞舌头转动迟缓,但大脑清醒:"——这辈子,也不打算上网聊天了……"

黄飞他们站在滚水迪厅的大门口。

没有什么人。昏暗的路灯灯光快被无声地渐渐溶进晨光之中。

"何楠呢?"黄飞问。

"也回学校了。他们都是在你去卫生间吐酒的时候,一齐溜掉的。"

突然,黄飞想起一件重大的事:"买单——谁买的单?"

燕子调皮地用手指戳了一下黄飞的脸,嗔怪又自得地说:"我就知道你是故意躲进卫生间,逃避买单!"

"哪有啊!"黄飞这一回又是有口难辩了。

"所以啊,我就替你买了。"

黄飞放了心,燕子买单无所谓,如果是张伍或是林菲他们去把钱付了,黄飞该是跳进黄河也洗不清了。

黄飞正要说马上就把钱还给燕子,"嘀——嘀——嘀",燕子的手机响了。

这是无人的街。

偶有车辆驶过,带着寂寥的轰鸣。然后,是一片冷清。

第十三章 也是大结局

223

燕子把手机贴到耳边："喂？"

无人应答。

燕子有些急，又问："喂？哪位？"

还是无人应答。

于是，燕子的脸色有些变，她把手机取下，去看来电显示。

她仿佛被毒蛇咬了一口，"啊——"地呻吟了一声，整个躯体差点摔倒在冰凉的水泥路面。

黄飞扶住她。

黄飞接过手机，来电仍未挂断，但显示着的是——

0000！

韩冰？

韩冰！！

黄飞嗓子发干，吞了口唾沫。

黄飞胸口有些发堵。呼吸一下子不能通畅。

黄飞闭上眼，马上又睁开。

路灯昏黄。黄飞他们这是在哪？

过了好久，黄飞把手机放到耳畔，轻轻地问了一声："喂？"

对方稍稍沉默了一下，然后用悦耳的男中音问道："黄飞，这么晚还没有睡？"

黄飞说不出话来。

他的声音悦耳，充满男人的磁性。同时又夹杂一丝阴柔，和令人心中不安的邪恶。

"黄飞，我低估了你。"韩冰突然冷冷笑了一声，接着说："这样，就更有挑战性了。我喜欢刺激。"

黄飞依然不语。

黄飞在思考，这么早，韩冰应该不会是因为寂寞向黄飞问候吧？

"现在是 12 月 13 日——13 日，对吧？从今天开始，我要和你玩一个游戏。"

黄飞听见韩冰咽唾沫的声音。

一会儿，那令人浑身起鸡皮疙瘩的声音又响起："在一周之内，你必须找到我。"

黄飞明白了。这个凶狠而冷酷的家伙，真的是想寻找刺激。

"韩冰——"黄飞尽量使自己平静，"我俩本来素不相识，是你逼得我逃亡，是你差点毁掉我。但我都不恨你，我们本来就应该是生活在两个世界。遇见你，算我倒霉。"

黄飞努力从脑海中搜寻合适的词语。

"我只想过上普通人的日子。我没有你那么多的心计，我已经没力气陪你玩什么游戏了……"

最后，黄飞甚至无奈地道："韩冰，剩下的事是你和警察的，和我黄飞完全无关。大路通天，你我各走一边吧！"

哈！——哈！哈！

那笑无比刺耳，黄飞不得不把手机移得离耳廓远一点："现在，你玩和不玩都得玩。——这个游戏，是由我安排的。"

"如果，我决心不陪你玩呢？"

"黄飞，你必须跟我玩。而且，你一定会自愿要跟我玩的。"

黄飞听到了一个清晰的从地狱传来的声音：

"因为，在一周内，我要毁掉你最心爱的东西！"

那边，电话早已挂断了。

黄飞失魂落魄，站在冷风之中。

黄飞！

黄飞！！

黄飞！！！

身边，燕子的呼唤如此遥不可及……

燕子……燕子……燕子……

黄飞在风中呼喊燕子的名字。可黄飞嘴唇仿佛被死死焊接，发不出任何声音。

225

黄飞捏着手机,觉得它有千斤沉重。

黄飞突然想起一件事,———一件黄飞绝不应该忘了问的事:

一周,到底是 5 天,还是 7 天?

7

这几日天气预报,并未说黄昏时有雨。

不仅有雨,而且雨是如此的猛烈,竟使整个京城都笼罩在水幕之中,漆黑一片,真是乌云压城城欲摧!

在一个名叫"天下同学"的高档会所里,"研二"包间,装修得精致讲究,美轮美奂。

有三男一女,正在一边呷茶饮酒,神情肃穆地说着事。

年岁偏长,肤色黝黑的汉子,目光炯炯,正气逼人。

另一个男人,西装革履,系着鲜艳的领带。举手投足,就是一位成功的商业人士,信心满满,气质不凡。

还有一位胖子,神情恭敬,拿着纸笔,貌似记者模样,正在记录。

那位女士,年轻貌美,举止优雅。

西装男子饮一口酒,缓慢而镇定地道:

"那日,韩冰竟然打来电话,使我一下子又陷入了困境。

我不在乎自身的安危,但我必须保护燕子不受到伤害!"

听到这话,正在添酒的女子深情地瞥了一眼西装男子,静听下文。

"当时,我在明处,韩冰在暗处。

我必须要'引蛇出洞'——虽然前几次也都是采取了'引蛇出洞'的计策,也都让这狡黠得像毒蛇一样的韩冰逃脱,但是,我已经无路可走,必须背水一战、拼死一搏。"

西装男子顿了顿,似在思考什么,然后低沉地继续说道:

"能否抓住韩冰,有时要靠人力,有时要看天意。但是,我们必须自己救自己！

当初伍秋桐老先生在他的密室,像对自己的亲生儿子一样嘱托我,希望我能帮助他。

当时,我倍感信任,又深感压力。我能明白一个成功的老人的寂寞与孤独。他希望我能帮他,一是想我能协助他的事业;二是能解救他的女儿伍媚于水火。

就仅凭伍老先生对我的信任,我也必须将韩冰绳之以法。更何况,燕子人身安全遭到威胁,肖羽的沉冤未雪,而我既然已被有幸牵扯其中,就绝不能袖手旁观,或者坐以待毙。"

黑脸汉子一直在沉默静听,时不时举杯,轻轻与说话者一碰,然后呷饮。

优雅女子,坐在一旁,以茶代酒,适时助兴,并不停为两位男子添酒。

记者模样的人,此时仿佛已经隐身,在专心做着记录。

西装男子的脸上,露出了一丝笑意:

"后来的事情,你们也都知道了——伍秋桐老先生家里,被夜贼闯入,而伍老先生因为阻止盗贼行窃,竟被刺身亡。而他所收藏的奇珍异宝,也就全被洗掠一空。其中最为珍贵的,就是那柄短剑。

刺中伍老先生的,正是这柄短剑。

当天的晚报,刊载了伍老先生被刺身亡的消息;第二天,又以整版篇幅,详细报道了案发经过。

这是一个千载难逢的机会。凶手在逃,那柄短剑也就销声匿迹。我们都知道,韩冰有收藏死人遗物的嗜好。我想,伍秋桐是他的仇人,他曾试图毒死伍老先生而未遂,如果有人愿把那柄沾过人血的宝剑出让给他,这个变态狂一定愿意高价收购。

那柄短剑沾过伍秋桐的鲜血,每次把玩擦拭锋刃,对于韩冰来说,都是一次满足,都有一次快感。

在互联网的世界,人们往往有两副面孔,一副当然是正式也是正规的网名,一副则就是隐藏在这正式网名后面的马甲。

不瞒你们两位,我也有不少的马甲。"

说到这，西装男子再次在脸上露出了一丝浅笑，似是自嘲，也似自得。黑脸汉子抽出一支烟，递给对方。对方礼貌地用手一挡，于是，黑脸汉子便自顾抽起来。

西装男子呷一口酒，继续讲道：

"我用不同的马甲，在网上搜索到了几十个可能潜伏着韩冰的QQ群。这些群，都是为有特殊收藏癖好的人设立的。

我的马甲名字，都和那柄短剑有关。如'短剑春秋'，算是中规中矩的名字。而'京城死亡之剑'，则有些阴森恐怖。当然，'短剑秋桐'，就差不多是自报家门，直接向人表明自己就持有那把杀人凶器了。

在一个叫'死亡之温暖气息'的群里，我顺利地发现韩冰，并与之搭讪成功！

他一上来，就直截了当问我是不是持有那把短剑。我说是。他给了我一个奸笑，然后飞快地说：'我不怕你是不是那个谁——但这柄剑，只要是真货，我就要定了。'

我出价五万，他把价钱砍到四万五。于是，我们约定时间与地点成交。事已至此，我再不能让咬到钩的大鱼跑掉，便把韩冰将与我交易的情报，第一时间汇报给了重案组。"

西装男子说到这，仿佛在内心长舒了一口气，接过优雅女子倒过来的啤酒，一口饮下，然后望着黑脸汉子，轻声说道：

"剩下的故事，就得听你的。"

那记者模样的人迅速看了一眼黑脸汉子，又埋头记录起来。

8

黑脸汉子似正在等着这一刻。

他摁灭了烟屁股，声音洪亮地开始讲述起来。

"是我冒充持剑人去和韩冰交易的。

但出发前，重案组已经演练了数种可能。

最有可能出现的情形，是韩冰本人不亲自来交钱取货，而是委托他人。而且以韩冰的智商，他不会找熟人代劳，而是选择一个陌生人。这样的人，编一个小小理由，给一点小小报酬，就可以找到。

但是，不论接头人是否和韩冰相识，但他必定会和韩冰有丝丝缕缕的联系。只要有一点蛛丝马迹被我们发现，韩冰就插翅难逃！

因此，我将事先准备好的短剑交给了来人，拿到了现金。但我们没有马上采取行动将来人控制，而是暗中严密跟踪监视。

那人将装有短剑的包裹，锁进了一家健身会所的储物柜里。

我们的人，每天二十四小时在那儿蹲守，想知道是何人会来取货。

可惜，一连七天，都没有任何动静。来健身的男男女女，你来我往。别的储物柜也一会儿打开、一会儿锁上，唯独这个储物柜，无人问津！

黑脸汉子，沉重地吸了一口烟。烟头一亮，红光中他的眉宇间闪过一丝疲倦。"

他吐出烟，继续说道：

"但是，这个储物柜，很显然是唯一的线索。经我们调查取证，取货人确实与韩冰没有任何瓜葛。他是在网上，被匿名网友以一百元的报酬，雇佣完成此次取货任务的。

那名神秘网友说自己瘫痪在床，无法出门。安排快递人员给了取货人一百元现金，以及这个储物柜的钥匙。取到货物，锁入柜中——取货人的任务即告结束。

干我们这一行的，必须要忍耐，要在绝望中等待希望。一直到第十五天，终于有人出现了。她不慌不忙地打开储物柜，从容地取走包裹，跨入一辆大众甲壳虫，扬长而去。"

黑脸汉子所说的这些，其他的人明显是第一次听说。他们都放下手中的酒杯，屏息静听，生怕漏掉了任何细节。

记者模样的人，就更露出猎犬一样的警惕神情，仿佛要把讲述者的每一个字，都嚼碎消化。

"那是一个染着红发的美貌少女。"

黑脸汉子不会令听众失望，接着讲下去：

"她的车子七拐八拐，来到望京一个韩国人聚居的小区。

我们的人没有惊动她，而是摸清了她所住的门牌号码。

几天后，一个男人来到了这间屋子。不用说，这个男人一定就是韩冰。在他的身上，有一种特殊的气质，说不好是诡异还是神秘，总之，确实有股令人难以抗拒的吸引力。

我当机立断，下令抓捕。

韩冰是一只困兽，而且是一只凶狠勇猛、心狠手辣的困兽。

他手持短剑，疯狂拒捕，刺伤了我们两名警员，还挟持了红发女子作为人质。在此危急情况之下，我下令狙击手开枪，将其击毙。一颗子弹，射中了韩冰的眉心。

奇怪，伤口处没有任何血迹，干净、圆润，仿佛是一根铅笔，在面团上扎出来的洞眼。

可是，后脑部位，腥臭的血液和脑浆流了一地。就是我这样的老警察了，见此情形也是胃里一阵痉挛，差点呕吐……"

黑脸汉子又点上一支烟。吸一口，没再说话。

屋子里，一片沉静。

韩冰，这回是真的死了。

这，让黑脸汉子对面的两个一男一女，在心底长长地舒了口气。

优雅女子，脸色苍白，手指尖微微发着抖。她沉浸在刚才韩冰死相的恐怖之中，一时难以自拔。

但是，那三位男子，一起抬起头目视着她。一方面，这目光是安慰，告诉她一切已经结束，从此无须再担惊受怕。另一方面，是鼓励，希望她将自己所知道的一切，一吐为快。当然，在那位记者模样的人的眼神里，还有一丝失望，似乎为故事就这样画上句号，很是遗憾。

9

优雅女子便开始了她的讲述：

"是的,当伍媚被解救出来后,我是第一个到医院去探望她的人。

韩冰不仅在肉体上,还在精神上牢牢控制了伍媚。伍媚有受虐狂倾向,韩冰恰好是虐待狂,便最大程度地满足她。

但韩冰不仅如此,他还自己配制了一种特殊的毒品,成分大约是大麻等植物提炼物,吸食时有快感,但多次之后便产生依赖。

就这样,伍媚再也逃不开韩冰的魔爪。在韩冰这里,能获取肉体上与精神上双重快感,所以她把韩冰当成了自己的父亲,自己的上帝。

当我出现在伍媚面前,她得知我是以朋友身份前去探望她时,一下子紧紧抱住了我,失声痛哭!

她从床垫下,掏出那张已经皱巴巴的晚报,上面印有整版的她父亲伍秋桐先生遇害的新闻报道。

她说她失去了父亲,现在已是万念俱灰,没有活下去的勇气。

我赶紧告诉她,伍秋桐先生仍然活得好好的,现在正在新加坡休养。那场入室盗窃案引发的血案,其实是警方设计的一个局,就是为了能引蛇出洞。

伍媚对过去的堕落行为表示了深深的悔恨。当她戒断了毒瘾,恢复了身体,便急着要飞赴新加坡,去和老父亲团聚。是我,开车送伍媚去的首都机场。

或许,离开韩冰,离开中国,这对于伍媚来说,是一次真正的重生吧……从这一点来看,一切都还值得庆幸啊!"

优雅女子轻轻地叹息了一声,仿佛是在为同是女性的伍媚那多舛的命运而痛惜。

黑脸汉子与优雅女子对视了一下,两人会心一笑。

第十三章 也是大结局

记者模样的人,捕捉到了这个细节,但是他满脸疑惑,不明所以。

会心一笑的二人,一起举杯,对西装男子道:

"最值得祝贺的,当然是你啰!

韩冰已死了,肖羽冤屈亦申。伍媚也恢复了正常生活,你更没有辜负伍秋桐老先生的嘱托。

而且,现在,伍先生想要颐养天年,享受天伦之乐,把大陆的事业都交付给你打理。再过几年,你就是大陆首富,也未可知。

来,为了友谊,为了胜利,为了明天,一起来干杯!"

三个人,脸上洋溢着幸福而坦荡的微笑,将杯中物一饮而尽!

记者模样的人,此时也被这种气氛所感染,破例加入了举杯的行列。

现在,我们已经该知道这三个人都是谁了。

黄飞,燕子,华天雄。

而那位记者,就是晚报社会新闻部的资深新闻人周小望。

天色已晚,但大雨骤停。华灯初上,街灯闪耀着令人难以捉摸的光彩。

周小望一看腕表,抱歉地道:

"各位,我得回家赶稿子,万一被同行抢了先,我就要被砸饭碗了!"然后,风风火火地背起挎包,拉门而去。

此时,华天雄也决定先行一步:

"我也得走了。还有个案子,等我去现场呢!你们二位,继续吧!黄总,燕子,我先告辞了!"

黄飞和华天雄握手。燕子也露出了迷人的笑容,无言地与华天雄作别。

突然,有一个细节,在黄飞脑中一闪:

当初,黄飞去夜场找小姐们了解韩冰的行踪。

在一个叫丁香的女子那儿,黄飞得知韩冰在练拳时,因为模仿李小龙,用高压电线电击自己,在其左胳膊上,留下碗底大的永久伤疤。

那么,华天雄有没有仔细勘验过韩冰的尸体?有没有注意到在那具尸体的左胳膊上,有这块伤疤?——以韩冰的奸诈多疑,智力高超,似乎这一次他的因拒捕被击毙,有些太顺利了一些……

"喂！老华！那个韩冰,他的左胳膊,你查验了没有——"

走道里,空无一人。

华天雄,早已走远。

一阵冷风,将黄飞的追问吹散一地,继而无影无踪。

屋内的两个人,互相对视一眼,各自的一颗心,不禁高悬了起来……

第十三章　也是大结局